Roxane Bicker und Jenny Wood (Hrsg.)

Kaffeesatz

AF289207

Das Buch

Kaffee – alltäglicher Begleiter vieler Menschen. Doch was ist, wenn er nicht nur anregend, sondern auch magisch wirkt? Welche Geheimnisse verbergen sich in seinen schwarzen Tiefen?

Zehn Geschichten laden ein, eine ganz andere Seite des Kaffees kennenzulernen – überraschend, tragisch, phantastisch – und zeigen, dass auch im Kaffeesatz noch immer etwas Gutes steckt.

Die Münchner Schreiberlinge e.V.

sind ein Verein von engagierten, aufgeschlossenen Autor*innen.
Kennengelernt haben wir uns in Schreibkursen, Leserunden, Buchveranstaltungen und treffen uns seit Anfang 2017 regelmäßig einmal die Woche zum gemeinsamen Austausch, Schreiben und Lesen.
Einige von uns haben bereits Bücher veröffentlicht, andere schreiben nur für sich und genauso vielfältig wie wir sind auch unsere Texte und Genres.
Mehr zu uns und unseren Aktivitäten findest du in den Social Media.
Hast du einen Bezug zu München und möchtest dich uns anschließen oder uns unterstützen? Hier findest du alle Informationen zu unserem Verein:
www.muenchner-schreiberlinge.de

Roxane Bicker und Jenny Wood (Hrsg.)

Kaffeesatz

Anthologie der Münchner Schreiberlinge

Bibliografische Information der Deutschen Nationalbibliothek:
Die Deutsche Nationalbibliothek verzeichnet diese Publikation
in der Deutschen Nationalbibliografie; detaillierte bibliografische
Daten sind im Internet über *http://dnb.dnb.de* abrufbar.

© 2022 Roxane Bicker und Jenny Wood (Hrsg.)

Lektorat: Roxane Bicker, Mae Ludwig,
Sarah Malhus und Marie Wilhelmsen

Korrektorat: Eva-Maria Kieselbach

Cover: Daniela Szegedi, www.senestrey.de
unter Verwendung von Depositphotos-Werken folgender
Kunstschaffender: NatashaBreen, dusan964, Garsya,
sowie des Werkes Kaffeefleck © http://pepsized.com

Grafiken im Inneren des Buches: Karl-Heinz Zimmer
unter Verwendung zweier Pixabay-Werke von Bianca Van Dijk:
pixabay.com/users/biancavandijk-9606149/

Buchsatz: Karl-Heinz Zimmer
gesetzt aus der EB Garamond
erstellt mit *SPBuchsatz*

Herstellung und Verlag: BoD – Books on Demand, Norderstedt

ISBN: 978 3 7562 2653 5

Inhaltsverzeichnis

Kaffee
Frisch aufgebrüht
Weckt mich auf
Du trinkst mit mir
Herzrasen

Sarah Malhus

Vorwort

Diese Anthologie ist eine Reste-Rampe. Ein Abfallprodukt. Der Kaffeesatz.

Im Jahr 2020 hat der Art-Skript-Phantastik-Verlag die Ausschreibung *Die Kaffeefee* veröffentlicht – unglaubliche 243 Geschichten wurden eingereicht, 12 kamen in die Anthologie. Und die anderen 231?

Aus Kaffeesatz kann man tolle Dinge machen – er dient als Blumendünger, Kosmetik, Reiniger, ja, manche lesen sogar die Zukunft daraus!

In diesem Buch versammeln sich also zehn *Kaffeesatz-Geschichten*, rund um die magische Wirkung und die besonderen Eigenschaften des beliebten Getränkes. Brüht euch einen Kaffee auf – schwarz, mit Milch, mit Zucker? – und genießt, was der Kaffeesatz für euch bereit hält.

Sarah Malhus

Wachmacher

Mina gähnte. Sie würde sich nie an die Arbeitszeiten gewöhnen.

Langsam schritt sie an dem schmiedeeisernen Zaun entlang und kontrollierte ihn sorgfältig auf Beschädigungen. Dabei leuchtete sie die Umgebung mit einer Laterne aus, was das Ganze mühsamer gestaltete, als es mit einer batteriebetriebenen Taschenlampe gewesen wäre. Aber wie hatten Mama und Oma immer gesagt: *Tradition beschützt und stärkt uns. Halte sie hoch, ignoriere den modernen Schnickschnack!* Folglich keine Taschenlampe für Mina, sondern eine antiquierte, rußüberzogene Laterne mit Stummelkerze, die gerade so für einen Kontrollgang reichte.

Mina beendete ihre Runde vor dem Friedhofstor. Dieses imposante Gebilde markierte den Eingang zum Friedhof, dessen Beschützerin sie war. Fast drei Meter maß es an seinem höchsten Punkt. Schwarzes Metall schimmerte in spärlichem Licht. Die zahlreichen Ornamente, aus denen das Tor bestand, erzählten eine Geschichte über die Entstehung des Friedhofs. Mit ihr war Mina aufgewachsen, dort hinten, in dem kleinen Totengräberhäuschen. Außerdem sprach das Tor eine Warnung gegen alle aus, die sich ungefragt Zutritt verschaffen wollten: *Überschreite diese Schwelle mit dem Wissen, dass deine Qualen nie enden werden.*

Zugegeben, die Drohung schien wegen der fehlenden Präzision nicht sonderlich furchteinflößend, aber Mina wusste aus Erfahrung, dass das Tor nicht log.

»Abendrunde beendet.« Sie ging in die Hocke und streichelte ihrem Kater Pluto, der wie üblich auf sie wartete, über den schwarzen Kopf.

»Alles in Ordnung?«, fragte er. Seine kupferfarbenen Augen schimmerten im schwächer werdenden Laternenlicht.

»Alles ist in *bester* Ordnung, wie immer.« Sie stand auf. »Lass uns ins Haus gehen. Ich brauche einen Kaffee, sonst übersteh ich die restliche Nacht nicht.«

»Das kann nicht wahr sein!« Verzweifelt durchsuchte Mina den Küchenschrank, schaute in jede Dose, jedes Glas, doch da war nichts. »Wir haben keinen Kaffee mehr?« Sie sah sich nach ihrem Kater um, als der nicht antwortete. »Pluto!«

Er saß auf dem Esstisch und putzte sich. Sein gelangweilter Blick sprach Bände. Langsam senkte er die Pfote. »Was?«

»Wo ist der Kaffee?«

»Das fragst du mich? Solange wir Katzengras im Haus haben, interessiert mich der Rest herzlich wenig.« Pluto sprang vom Tisch, stolzierte durch den Raum, der sich in Küche und Wohnzimmer aufteilte, und hüpfte auf die winzige Couch.

»Ich habe es Felix auf die Liste gesetzt. Kaffee, ganz oben!«

»Ich glaube, du hast ein Problem«, gab Pluto zu bedenken.

»Und ob ich das habe! Ich habe keinen Kaffee, dafür einen vorlauten Kater!« Sie schnaubte. »Es wäre alles leichter, wenn ich diesen vermaledeiten Totenacker verlassen könnte.« Sie setzte sich auf den Küchenstuhl und vergrub den Kopf in den Händen. Weiche Pfoten landeten auf ihrem Schoß.

»Es ist seit jeher die Aufgabe der Familie de Gaard, über den Friedhof zu wachen. Du wirst jetzt nicht davonspazieren, nur wegen dieses grässlichen Gebräus.«

»Mit dir rede ich nicht mehr.« Verletzt vom Unverständnis des Katers schubste Mina ihn zur Seite und stand auf, um den Küchenschrank einer letzten genauen Inspektion zu unterziehen.

»Moment. Was ist das?« Sie stellte sich auf die Zehenspitzen und angelte nach einer Dose, die weit hinten im Schrank stand. Das matte Blech trug ein verblichenes Etikett.

»Spezialkaffee – Weckt Tote – Dosierung nicht überschreiten!«, entzifferte Mina und grinste. »Das ist perfekt! Genau das, was ich jetzt brauche.«

Sie legte Holz im Ofen nach, das von den restlichen Flammen sogleich erobert wurde. Mina öffnete die Dose und atmete den Duft des Kaffees tief ein. So intensiv! Allein das Aroma machte sie wacher. Sie gab Pulver und Wasser in die Espressokanne und stellte sie auf den Herd. Binnen weniger Minuten hörte sie es brodeln.

Randvoll füllte Mina eine Tasse mit der dampfenden Flüssigkeit. Platz für Milch und Zucker brauchte es nicht. »Endlich!« Sie nahm einen zögerlichen Schluck, da sprang Pluto fauchend auf und machte einen Katzenbuckel.

»Was ist los?« Mina stellte die Tasse ab und trat ans Fenster.

»Eindringlinge nähern sich dem Zaun«, knurrte Pluto eindringlich.

»Ich seh' mir das mal an.« Mina warf dem Kaffee einen sehnsüchtigen Blick zu, dann schnappte sie sich die Schaufel, die an der Wand lehnte und öffnete die Tür. Pluto schlüpfte hindurch.

»Warte!«, zischte Mina ihm hinterher, doch der Kater verschmolz bereits mit der Dunkelheit. Eilig zog sie die Tür hinter sich zu und schritt mit erleuchteter Laterne den Kiesweg entlang zum Haupttor. Rechts sah Mina zwei goldene Punkte glühwürmchengleich über den Boden tanzen. Pluto suchte die Umgebung ab.

»Was gesehen?«, flüsterte sie.

Die Punkte schwenkten hektisch von links nach rechts, Pluto schüttelte den Kopf.

»Ich hoffe, du hast dich nicht geirrt, Kater. Sonst wird mein Kaffee umsonst kalt.«

Blitzartig verschwanden die Glühwürmchen.

»Sei doch nicht gleich beleidigt«, zischte Mina.

Etwas landete dumpf auf dem Rasen, begleitet von einem Scheppern. Mit erhobener Schaufel folgte Mina den Geräuschen.

»Stehen bleiben!«, donnerte Mina.

»Oh, scheiße!«, erklang es bang ein paar Meter von ihr entfernt.

»Sei still!«, zischte eine andere Stimme.

»Wieso? Wir wurden doch schon entdeckt. Du warst zu laut mit deinem Sack voller Krempel!«, antwortete die erste.

Drei Schritte später beleuchtete die Laterne die Gesichter zweier junger Männer. Sie hockten auf dem Boden, neben ihnen lag ein grauer Sack.

»Ihr seid in meinen Friedhof eingedrungen. Verschwindet, wenn euch euer Leben lieb ist!« Mina war sauer. Verdammt sauer. Diese beiden Milchgesichter hielten sie von ihrem Kaffee fern!

Prustendes Lachen schlug ihr entgegen. »Komm, Mädchen, mach Platz!«, winkte der Erste ab. »Dein Friedhof, ja? Wie alt bist du? Siebzehn?« Die Kerle standen auf und klopften sich das Gras von den Hosen. »Schnappen wir uns die Kamera. Die Aufnahmen werden megakrass!«

»An diesem Ort erwartet euch der Tod, und das meine ich nicht als Metapher. Haut ab!«, befahl Mina, ihre Stimme voller Zorn.

Der Zweite wühlte, unbeeindruckt von Minas Warnung, in dem Sack. In diesem Moment sprang Pluto wie aus dem Nichts auf den Rücken des Mannes, krallte sich dort fest und fauchte hollywoodreif.

»Aua! Scheiße! Nimm das Vieh weg!«

Die Rodeoeinlage entschädigte Mina dafür, dass sie diese beiden Vögel von ihrem Territorium fegen musste. Schmunzelnd deutete sie mit ihrer Schaufel auf den anderen Eindringling. »Verschwindet!«

Pluto zog die Krallen ein und löste sich von der Jacke des Störenfrieds. Anmutig segelte er durch die Luft und landete im Gras.

Die beiden Jungs starrten Mina trotzig an. »Du hast uns gar nichts zu …«

Ein geisterhaftes Heulen wehte zu ihnen herüber.

»Alter, was war das?« Die Stimme des Kerls zitterte.

»Ich habe euch gewarnt.« Mina zuckte mit den Schultern und deutete in die Richtung, aus der das Geheul kam. »Das ist der schwarze Hund. Und er hat Hunger.«

»Du Hexe!«, schrien beide wie aus einem Mund.

»Geht. Und zwar jetzt!« Das letzte Wort brüllte Mina aus Leibeskräften. Ein jäher Windstoß bauschte dabei ihre Haare und den Hoodie auf. Welke Blätter stoben empor und wirbelten durch die Luft. Einige Meter entfernt tauchte hinter den Grabsteinen die Silhouette eines Hundes auf. Ein weiteres langgezogenes Heulen holte die Männer aus ihrer Starre.

»Lass uns verschwinden!«

»Das Mädel ist doch besessen!«

Hastig versuchten sie, mehr Abstand zwischen sich, Mina und den Hund zu bringen, und stolperten dabei über ihre eigenen Füße.

»Räuberleiter!«, rief der eine und formte mit seinen Händen einen Tritt. Ungelenk zogen sie sich an den Eisenstreben des Zauns hinauf.

Der schwarze Hund kam langsam näher. Ein tiefes Grollen drang aus seiner Brust und verkündete Unheil.

Auf der anderen Seite des Zaunes landeten die beiden Männer im nachtfeuchten Gras wie zwei flügellahme Enten. »Alter, wo sind die Autoschlüssel?«

Mina sah im Laternenschein etwas Schimmerndes – den Schlüssel. Sie warf ihn im hohen Bogen über den Zaun.

»Da habt ihr ihn. Und jetzt zischt ab! Lasst euch hier nie wieder blicken!« Sie blieb stehen und lauschte, bis sie das Auto wegfahren hörte.

Etwas Feuchtes stieß Mina an. Ohne hinzuschauen, tastete sie nach dem Ohr des Hundes und kraulte es.

»Danke für deinen Einsatz, Pad.«

Zufriedenes Schmatzen war die Antwort. »Klar doch.« Er stupste gegen ihre Hand. »Gehen wir auf Patrouille?«

»Ja, sollten wir. Aber vorher hol' ich mir schnell meinen Kaffee.«

Etwas später, mittlerweile war es nach Mitternacht, lief Mina die vertrauten Kiespfade zwischen den Gräbern entlang. Die Schaufel trug sie in einem Lederholster auf dem Rücken, Tasse und Laterne in den Händen. Trotz Aufwärmen schmeckte der Kaffee vorzüglich. Zufrieden trank Mina und kontrollierte, flankiert von Pad und Pluto, routiniert die Gräber und Grüfte ihrer Kunden.

Ruhe in Frieden war das Credo des Friedhofs und die Frauen der Familie de Gaard sorgten seit Generationen dafür, dass Ruhe und Frieden gewahrt blieben. Wer hier begraben lag, wollte sicherstellen, nicht aus einem egoistischen Beweggrund wiedererweckt zu werden. Und so reihte sich das tote Who's who der Mythenwesenszene aneinander.

Im Schatten der prunkvollen Grüfte der Vampirclans lagen die unscheinbaren Erdgräber der Wiedergänger. Die Harpyien fanden in unmittelbarer Nähe des kleinen Teichs ihre letzte Ruhe. Die Begräbnisstätten der Werwölfe bildeten einen Kreis, die weißen Grabsteine schimmerten selbst im schwächsten Mondlicht wie Perlmutt.

»Pad, hör auf, an den Gräbern zu schnüffeln! Muss ich dir das jedes Mal sagen, wenn wir bei den Werwölfen vorbeikommen?«

Der Hund winselte. »Tut mir leid. Ist mein Instinkt. Der lässt sich nicht unterdrücken!«

»Aber jede Nacht?«

»Er ist eben nur ein schnöder Hund«, warf Pluto ein, der sich auf den Grabstein des jüngst verstorbenen Clanchefs der Werwölfe, Graham Wulfric, setzte. Als Pad kläffend auf ihn zustürmte, sprang Pluto aus voller Kehle fauchend herunter und verschwand in der Nacht. Pad nahm die Verfolgung auf und stieß dabei gegen Minas Bein. Mit den Armen rudernd versuchte sie, das Gleichgewicht zu halten.

»Autsch!« Heißer Kaffee schwappte aus der Tasse auf ihre Hand und das Grab des Clanchefs. »Ihr raubt mir den letzten Nerv«, schimpfte Mina. Sie ging in die Hocke, stellte Tasse und Laterne ab und rieb die Hand an ihrem Pullover.

»Pad? Pluto?« Keine Antwort, dafür piepte ihre Armbanduhr. Die Nacht hatte ihren Zenit erreicht. »Ich gehe zu den Familiengräbern!«

Statt einer Reaktion hörte Mina ein Platschen aus Richtung des Teiches. Dem Geräusch nach war Pad baden gegangen, aber das würde die Jagd nicht beenden. Mina schüttelte den Kopf und ging mit Laterne und Kaffeetasse zu den Gräbern ihrer Familie.

Auch die vorangegangenen Generationen der de Gaards erhielten auf dem Friedhof, als Dank für ihre lebenslangen Dienste, ihre letzte Ruhestätte. Mina wechselte die Kerzen auf den Gräbern. Dieses Ritual markierte die Hälfte der Nachtwache. Ab jetzt war Sonnenaufgang näher als Sonnenuntergang.

Mina hob die Tasse an die Lippen. Mit jedem Schluck Kaffee wurde sie wacher und energiegeladener. Ihre Augenlider waren nicht so schwer wie sonst um diese Uhrzeit, und ihr Herz schlug schneller, obwohl sie sich nicht anstrengte. Mina äugte in die Tasse. »Was ist das bloß für ein Zauberpulver?«

Sie kippte die letzten doch sehr bitteren Schlucke aus. »Eine weitere Tasse wird meiner Nachtrunde sicher nicht schaden.«

Mit einem frischen Becher Kaffee bewaffnet, durchstreifte Mina kurz darauf das hintere Areal des Friedhofs. Bis vor etwa hundert Jahren stellte dieser Teil das Zentrum dar, damals stand hier die Hütte des Friedhofswächters.

Mina passierte die Stelle, an der ein paar aufgereihte Steine an deren Fundament erinnerten. Sie nahm einen Schluck und hielt die Laterne höher. Beschwingt vom Koffein marschierte sie den alten Weg entlang, von dem bloß ein schmaler Streifen frei lag. Da dieser Teil keinen Platz mehr für neue Gräber bot, vernachlässigte Mina die Pflege der Wege. Die Angehörigen der hier ruhenden Toten waren mittlerweile selbst verstorben oder Schlimmeres, daher verirrte sich niemand hierher.

Ihre Schritte führten sie zu ihrem Lieblingsgrab – dem von Dracula.

»Hallo, altes Haus.« Mina hockte sich im Schneidersitz vor die Grabstätte und stellte die Laterne neben sich. Die Tasse in beiden

Händen, wärmte sie sie daran. »Ich habe gelesen, dass es eine neue Serie gibt, mit dir als Hauptfigur.«

Mina betrachtete die verwitterte, von Flechten überzogene Inschrift.

Aici se află Dracula, primul dintre vampiri, aducător al tuturor suferinţelor.

»Hier liegt Dracula, Erster unter den Vampiren, Bringer allen Leidens«, übersetzte Mina still.

Zu Lebzeiten, oder besser gesagt zu Untotzeiten, war er der Größte seiner Zunft. Mittlerweile besetzten andere mächtige Vampire seine Position, doch Draculas blutige Legende konnte niemand überstrahlen.

Ein sich schnell näherndes Geräusch ließ Mina aufhorchen, da wurde sie schon hart von einer felligen Kanonenkugel getroffen. Der Stiel der Schaufel drückte unnachgiebig in ihren Rücken. Die Kaffeetasse flog ihr aus der Hand und auf das Grab. Genauso schnell verschwand das Gewicht auch wieder. Eilig entknotete sie ihre Beine und drehte sich um. Ihr Herz raste.

»Pad!«, entfuhr es Mina.

Der Hund schüttelte sich und schaute sie schuldbewusst an. »Tut mir leid, wollte dich nicht umrennen. Aber da sind Menschen auf dem Friedhof!« Er hechelte angestrengt.

Mina sprang auf die Füße. »Schon wieder? Wie viele?«

»Mehrere Autos, keine Ahnung, wie viele Menschen. Aber sie riechen ... merkwürdig. Alt.«

Mina zog die Schaufel aus dem Riemen. Fest umschloss ihre Hand das vertraute Holz. »Wo ist Pluto?«

»Bei ihnen. Beobachtet sie. Der Zaun hat sie nicht aufgehalten, sind mit einer Leiter rüber.«

Mina wurde kalt vor Angst. »Sie sind schon auf dem Gelände? Wozu habe ich denn einen magischen Abwehrzaun, wenn er nicht funktioniert?« Sie stürmte los. Das Koffein verlieh ihr eine ungeahnte Energie, und der Boden flog nur so unter ihr hinweg. Aus dem Augenwinkel sah sie, wie Pad in eine andere Richtung davon hetzte.

Hinter der Gruft der Vampirfamilie Demise ging Mina in Deckung und beobachtete den Tumult. Jenseits des Zauns parkten vier schwarze Vans, auf deren Seiten in weißen Lettern »GRIM« stand. Unmittelbar daneben entdeckte sie die Leiter. Sie sah aus wie jede andere Holzleiter, doch Mina vermutete, woraus sie gefertigt war – heiliges Holz einer Kirchentür.

»Verdammter Zaun«, zischte Mina. Sie schlich um das garagengroße Mausoleum herum und erkannte ein halbes Dutzend in schwarze Anzüge gehüllte Gestalten, die sich an einem Grab zu schaffen machten. Mina musste den Grabstein nicht von vorne sehen, um zu wissen, um wessen Ruhestätte es sich handelte – sie wollten das letzte Einhorn!

Mina brauchte einen Plan. Hektisch durchforstete sie ihr Gehirn nach dem, was ihre Mutter ihr beigebracht hatte. Die Schaufel befähigte sie theoretisch dazu, die Beschaffenheit des Friedhofsbodens zu beeinflussen – hätte sie das Training nicht vernachlässigt. Mina biss sich auf die Unterlippe und unterdrückte einen Fluch. Notfalls würde sie versuchen, alle Eindringlinge mit der Schaufel zu erschlagen.

Ein schwarzer Schatten näherte sich. Mina hob die Schaufel zur Verteidigung, doch ein Fauchen ließ sie innehalten.

»Ich bin es. Runter mit dem Ding«, flüsterte Pluto zu ihren Füßen.

»Tschuldigung.« Mina deutete auf die Umzäunung. »Warum hat der Zaun sie nicht aufgehalten? Die Typen sind mühelos mit ihrer Leiter eingestiegen! Und was zur Hölle bedeutet »GRIM«?«

»Hat der unsägliche Hund wohl *diesen* Brief verbuddelt ...«

»Was für einen Brief?«, entgegnete Mina verwirrt.

»Die Verlängerung des Abos für die Aufladung des Zauns. Ist schätzungsweise zwei Wochen her.«

Mina sank auf die Knie und fixierte seine funkelnden Augen. »Was für ein Abo? Wovon sprichst du, Pluto?«

»Dachtest du, der Zaun hält ohne ein Zutun seine magische Abwehr aufrecht? Jede Magie verliert an Wirkung. Unser Friedhofszaun wird immer wieder durch einen Magier aufgeladen. Früher kamen sie regelmäßig vorbei, aber heutzutage nur auf Bestellung. Und Pad hat genau diesen Brief verbuddelt, auf den du hättest antworten müssen. Jetzt haben wir den Salat.«

Mina knirschte mit den Zähnen. »Meine Mutter hat mir nie davon erzählt.«

»Sie wird es vergessen haben. Ihr Tod kam plötzlich«, gab Pluto unbeeindruckt zurück. »Außerdem steht es im Handbuch.«

»Es steht im ... was?« Mina schlug sich gegen die Stirn. Dieses vermaledeite Handbuch! Seit sie Hüterin des Friedhofs war, hatte sie es ein einziges Mal durchgeblättert und auch nur aus Nostalgie.

Mina lugte erneut um die Ecke der Gruft, unschlüssig, wie sie weitermachen sollte. Die Eindringlinge hatten mittlerweile einen stattlichen Erdhaufen neben dem Grab des Einhorns aufgeschichtet.

»Da ist der Sarg«, rief eine der Gestalten, mit dem Schaufelblatt auf den Deckel klopfend.

»Scheiße«, flüsterte Mina. »Was mache ich jetzt?«

Ein lang gezogenes Heulen durchschnitt die Nacht.

»Soll ich nachschauen, Ma'am?«, fragte eine der Wachhabenden, bewaffnet mit einem Maschinengewehr.

Eine kalte, raue Stimme antwortete: »Nein. Such lieber die Wächterin dieses Friedhofs. Verdächtig, dass sie noch nicht versucht hat, uns aufzuhalten.«

Mina stellte es jedes Haar am Körper auf. Diese Stimme glich einem rostigen Messer, das in weiches Fleisch drang.

»Das Heulen kam von Pad. Lass uns ihn suchen. Hier können wir nichts ausrichten«.

Pluto folgte ihr im Schutz der Grabsteine.

Bevor sie die Ursache des Heulens sah, roch Mina, dass etwas nicht stimmte. Der Geruch von Erde, Verwesung und – Kaffee? – wehte ihr entgegen. Bei den Werwolfgräbern sah sie Pad neben einem riesigen Wolf sitzen und ratlos dreinblicken. Das Grab war aufgewühlt, der Sargdeckel lag in Einzelteilen daneben.

»Was ist hier los?«, fragte der Wolf mit kratziger Stimme. Sein Fell war an vielen Stellen ausgefallen und bot Sicht auf verwesende Haut und Fleisch. Erde klebte ihm auf den verrottenden Pfoten.

Mina erstarrte. »Graham?«

»Ja, verdammt!« Er knurrte. »Ich sollte tot sein. Bin ich aber nicht.«

»Was hast du wieder angerichtet, Hund?«, beschuldigte Pluto Pad.

»Ich? Gar nichts! Hab doch nur …«

»Ruhe!«, fauchte der Kater und spitzte die Ohren.

»Was hörst du?«, fragte Mina.

Stille. Ruckartig stellte er den Schwanz auf. »Deine Mutter!« Er rannte los und verschwand im Dunkel.

»Was?« Verdattert sah Mina Pluto hinterher. »Hier sitzt ein Zombie-Werwolf und das Katzentier redet von meiner Mama.« Sie schüttelte den Kopf, fassungslos über den Verlauf, den diese Nacht nahm. »Bei Draculas Fangzähnen, was habe ich verbrochen, dass das alles passiert?!« Mina starrte gen Himmel. Der Sichelmond starrte zurück. In seinem schiefen Grinsen lag zweifelsfrei Hohn. »Ja, lach mich nur aus. Es ist ja nicht dein Friedhof, der von Eindringlingen und Zombies gleichzeitig überrannt wird!«

»Götter, diese furchtbaren Kopfschmerzen«, jammerte Graham. »Ich brauche Kaffee!«

Fragend sah Mina zu dem wiedererweckten Werwolf, dann durchzuckte sie die Antwort wie ein Blitz.

»Der Kaffee! Ich habe vorhin Kaffee auf deinem Grab verschüttet, als Pad mich angerempelt hat!«

»Bin ich also doch schuld«, schlussfolgerte Pad mit traurigem Hundeblick.

Mina ignorierte seine verzweifelt glänzenden Augen. »Mit dir rechne ich später ab, du Meisterbuddler! Bleib bei Graham. Ich muss zu Pluto.« Und nachsehen, was er mit meiner Mutter gemeint hat, ergänzte sie in Gedanken.

Da saß sie. Auf ihrem Grabstein, Pluto auf dem Schoß, und streichelte den Kater hingebungsvoll.

Mina stand einige Meter entfernt, den Mund vor Sprachlosigkeit offen, und traute sich nicht, einen weiteren Schritt zu tun.

»Komm her, Mina. Es ist doch nur deine Mutter«, ermunterte Pluto sie, woraufhin Letztere den Kopf hob.

Der Anblick ließ Mina das Blut in den Adern gefrieren. Ihre Mutter war vor drei Jahren verstorben, entsprechend sahen ihre sterblichen Überreste aus. Das Gesicht eine Mischung aus verfaulendem Fleisch, Knochen und wächsern wirkender Haut. Das noch vorhandene Haar hing fahl und strähnig an ihrem Schädel. Die Kleidung, mit der sie damals in den Sarg gelegt worden war, erschien hingegen erstaunlich intakt. Mit dem Knochen ihres Zeigefingers kraulte Minas Mutter Pluto zwischen den Ohren.

Zögernd machte Mina zwei, drei Schritte auf sie zu. »Hallo, Mama.«

Ein Lächeln umspielte den spärlichen Rest der Lippen ihrer Mutter.

»Sie kann nicht mehr sprechen. Ihre Stimmbänder sind bereits verwest«, erklärte Pluto und schmiegte sich gegen die Hand, die ihn streichelte.

So sehr sie der Anblick aufwühlte, versuchte Mina, die bisherige Nacht zu rekapitulieren. »Auch hier habe ich Kaffee verschüttet, den letzten Rest der ersten Tasse«, erinnerte sie sich. »Habe ich noch woanders ... Scheiße!«

Ihre Mutter warf ihr einen tadelnden Blick zu. Sie mochte es nie, wenn Mina fluchte. Doch diese Regung ließ Mina das Herz übergehen. Tränen stiegen ihr in die Augen, die sie rasch mit dem Ärmel fortwischte. Keine Zeit für Rührseligkeiten! Ein ganzer Becher wiedererweckenden Kaffees war in Draculas Grab gesickert. Das würde der Fürst der Finsternis nicht gutheißen, jetzt, wo er endlich tot und begraben war.

Einen Augenblick später explodierte in nächster Nähe Feuerwerk, doch ohne die bunten Farben am Himmel. Entsetztes Kreischen mischte sich in das Knallen.

Kein Feuerwerk. Schüsse!

Alarmiert blickte Mina in die grauen Augen ihrer Mutter. Diese streckte ihrer Tochter den Arm entgegen. Auch jetzt, in diesem fragilen Zustand, wollte sie ihr Kind beschützen. Minas Herz zog sich schmerzhaft zusammen, als ihre Mutter versuchte, auf ihre verwesenden Beine zu kommen. Zitternd stand sie da, die Hand Halt suchend an ihrem eigenen Grabstein.

Mina schüttelte den Kopf. »Das ist jetzt meine Aufgabe, Mama. Du hast genug getan. Heute muss ich mich beweisen.«

Ihre Mutter hob den Zeigefinger, und Mina schmunzelte. »Ja, wenn das hier vorbei ist, lese ich das Handbuch. Ich komme gleich zurück. Bitte, bleib hier.«

»Ich passe auf sie auf«, versicherte Pluto.

»Danke.« Mit brennenden Augen wandte Mina sich ab. Nur pure Willenskraft – und die Wirkung des Spezialkaffees – hielt sie aufrecht.

Mit ihrer Schaufel bewaffnet lief Mina dem Chaos entgegen, das ihren Friedhof beherrschte. Die Schreie verstummten allmählich, doch es fielen weiter Schüsse.

Mina schlich sich im Schutz der Grabsteine bis zu einer Stele und suchte hinter ihr Deckung. Mit dem Rücken presste sie sich an das Gestein, da ging ein bedrohliches Knacken durch die Säule. Erschrocken fuhr Mina herum und sah, wie der obere Teil langsam kippte und auf den Boden krachte. Staub wirbelte auf und hüllte sie in marmorne Luft. Mina stolperte hustend ein paar Schritte zur Seite.

Als ihr Blick sich klärte, sah sie, wie sich neben dem Grab des letzten Einhorns eine schlanke Gestalt erhob, bekleidet mit einem altmodischen Umhang. Eine der schwarz gekleideten Personen lag dort im Gras. Ihre Kehle aufgerissen, Blut umrahmte die Bissspur.

Mina wurde übel. Sie taumelte und fiel der Länge nach hin. Kies spritzte. Zu spät bemerkte sie den Bewaffneten, der seine Pistole auf sie richtete. Wie in Zeitlupe sah Mina, dass sich der Finger des Mannes um den Abzug spannte. Sie schloss die Augen.

Ein gurgelndes Geräusch war das letzte, was sie zu hören erwartete. Zögerlich öffnete sie ein Auge und sah, wie Graf Dracula den Mann mittels Kehlenbiss dekantierte. Sie senkte den Blick, hatte die Szene doch etwas verstörend Intimes an sich.

»Miss de Gaard?« Die Stimme Draculas glitt ihren Gehörgang hinunter wie Öl. Der Vampir näherte sich, bis seine Schuhspitzen in Minas Blickfeld ragten.

Sie hob den Kopf. »Jep.« Seine eisblauen Augen fesselten sie, nur nebenbei bemerkte sie den Blutstropfen, der von seinem Mundwinkel hinab zum Kinn floss. Im Gegensatz zu Graham und ihrer Mutter sah Dracula so makellos aus, als kehre er von einem Wellnesstrip zurück. Als schien die Erde sich zu weigern, solch ein Monster in sich aufzunehmen.

»Möchten Sie mir offenbaren, Miss de Gaard, warum ich nicht tot – wahrlich tot – in meinem Sarg liege, sondern stattdessen den Friedhof von diesem Ungeziefer reinige?« Dracula hob die linke Augenbraue, eine optisch durchaus ansprechende Unterstreichung seiner Frage.

»Ka... Kaffee«, stotterte Mina.

»Wie bitte?«, erwiderte der Fürst der Finsternis gelassen.

»Kaffee«, wiederholte Mina. »Ich habe aus Versehen Kaffee auf Ihrem Grab verschüttet. Auf der Dose stand ›Weckt Tote‹. Nie wäre mir eingefallen, das wörtlich zu nehmen.«

»Im Gegenzug zu meiner großzügigen Spende sollten die Hütenden dafür Sorge tragen, dass ich tot bleibe. Und nun erfahre ich, dass Sie selbst mich wiedererweckt haben! Ich bin den ewigen Durst leid!« Seine Stimme ging in ein Grollen über, dass Mina an einen wütenden Wolf erinnerte. Graham! Ihre Mutter!

»Ich bin überaus dankbar, dass Sie die Eindringlinge ... unschädlich gemacht haben. Doch bin ich ratlos, wie ich den Bruch meines Versprechens wiedergutmachen kann. Ich schlage vor, Sie suchen erstmal Schutz in Ihrem Sarg. Bald wird die Sonne aufgehen. Lassen Sie uns morgen Nacht darüber sprechen, wie wir Sie wieder zu einem Toten machen.«

»Ich lege mich in meinen Sarg, wann ich es für richtig halte.« Langsam fuhr der Vampir mit dem Daumen über sein Kinn, wischte das übrige Blut ab und leckte es auf. »Gute Nacht, Miss de Gaard.« Gemäßigten Schrittes verschwand Dracula zwischen Grüften und Grabsteinen.

Mina sah ihm hinterher. Ein Teil von ihr hüpfte innerlich auf und ab wie ein Teenager, der endlich seinem Idol begegnet war.

Aufgeregtes Kläffen riss Mina aus ihren Gedanken. Pad.

Winselnd stand der schwarze Hund neben dem Werwolf. Der Berg aus faulem Fell und Muskeln bewegte sich nicht mehr.

»Ist vor ein paar Minuten zur Seite gekippt. Ich glaub', er ist tot.«

»Ja. Die Wirkung des Kaffees hat scheinbar nachgelassen. Oh Götter, Mama!«

So schnell sie ihre Beine trugen – das Koffein verlor zusehends seinen Einfluss auf ihren Körper – lief Mina zu den Familiengräbern. Pad folgte ihr.

Dort saß Pluto, laut miauend neben dem Grab ihrer Mutter. Sie lag in ihrem Sarg und sah friedlich aus. Zumindest mochte Mina ihren Gesichtsausdruck so deuten.

»Sie hat mich ein letztes Mal gekrault. Dann hat sie sich in ihren Sarg gelegt und die Augen zugemacht.« Pluto maunzte leise.

Tränen rannen Mina über die Wangen und hinterließen nasse Spuren auf ihrem Pullover. Lautes Schluchzen drängte sich ihre Kehle hinauf. Sie fiel auf die Knie und wurde sofort von warmem, weichem

Fell umfangen. Pad und Pluto schmiegten sich an sie, spendeten Trost. Mina weinte, bis keine Tränen mehr kamen.

Als die Sonne über dem Horizont stand, kroch Mina aus ihrem Bett und zog sich an. Eine Menge Totengräberinnenarbeit wartete auf sie.

Gegen Mittag hatte Mina ihrer Mutter und Graham erneut die letzte Ehre erwiesen und sie beerdigt. Jetzt saß sie mit ihrem Essen draußen in der Herbstsonne, als Felix mit seinem alten Ford durch das Friedhofstor rollte. Zum Glück war der Schauplatz des Massakers von hier aus nicht einsehbar und Mina blieb eine Erklärung erspart. Sie würde später die Leichen verschwinden lassen, sie vorher aber gründlich nach Hinweisen zu »GRIM« durchsuchen. Sie musste herausfinden, wer diese Ma'am war!

Die Überreste des letzten Einhorns hatten sie mitgenommen. Die Recherche zu den Ausmaßen dieser Katastrophe lag ebenfalls vor Mina.

Felix stieg aus und holte von der Rückbank einen großen Korb. »Hi, Mina. Alles klar?«, grüßte er, nahm neben ihr auf der Bank Platz und stellte den Korb zwischen sie. »Du siehst geschafft aus. Harte Nacht?«

»Du machst dir ja keine Vorstellung«, schnaubte Mina und schob sich eine Gabel voll Salat in den Mund. Felix' fragenden Blick ignorierte sie.

Er zeigte auf den Korb. »Hier ist alles drin, was du bestellt hast, und die neueste Post.«

»Hast du dieses Mal an den Kaffee gedacht?«

»Machst du Witze? Ich denke immer an den Kaffee. Ich weiß doch, dass du ohne deinen Wachmacher nicht leben kannst.« Felix zwinkerte ihr zu.

Mina stellte ihren Teller beiseite und nahm sich die Briefe. Einer davon trug einen roten Stempel mit dem Wort ERINNERUNG. Der Absender lautete schlicht *H.T. & Söhne*. Mina öffnete die Lasche des Umschlags und überflog ihn.

»Würdest du einen Brief für mich aufgeben, Felix?«

Er nickte. »Klar doch.«

Mina stand auf und ging hinein, um eine Antwort – mit vielen Ausrufezeichen – auf den Brief zu kritzeln und ihn zurück in den Umschlag zu stecken. Gewissenhaft verschloss sie die Lasche mit dem Wachssiegel der Familie de Gaard. Draußen übergab sie ihn Felix.

»Danke.« Sie setzte sich wieder neben ihn. »Und ich sage es nochmal: Bei der letzten Lieferung hat der Kaffee gefehlt.«

Felix öffnete den Mund. In diesem Moment sprang Pluto auf seinen Schoß und maunzte Mina durchdringend an.

»Ach, schon gut. Ich habe wohl echt vergessen, ihn auf die Liste zu schreiben. Du hältst dich ja immer so strikt an sie«, lenkte Mina ein.

Felix winkte ab. »Hauptsache, du hast jetzt Kaffee da.« Er stand auf. »Ich mache mich auf den Weg. Bis nächste Woche.«

Mina winkte ihm hinterher.

»Was sollte dieses herzergreifende Miauen, Pluto?«, fragte sie, nachdem Felix außer Sichtweite war.

»Ich weiß, wo der Kaffee ist.«

Mina riss die Augen auf.

»Pad hat ihn neulich vergraben, zusammen mit dem ersten Brief von H.T. & Söhne.«

»Pad!«, brüllte Mina, so laut sie imstande war. Es dauerte nicht lange, da hörte sie Hundepfoten über den Kies patschen.

»Du warst ein böser Hund, Pad!«, schimpfte Mina.

»Was hab' ich getan?«

»Meinen Kaffee vergraben!«

Ertappt senkte Pad das Haupt. »Mein Instinkt, verstehst du? Ab und zu muss ich was verbuddeln.« Er schielte zu Pluto hinüber, der den Appell von der Bank aus beobachtete.

»Denk nicht mal dran«, warnte Mina, doch erfolglos. Pads muskulöse Hinterläufe katapultierten ihn in Plutos Richtung. Der Kater machte einen Buckel und fauchte, bevor er flüchtete.

Mina sah den beiden kopfschüttelnd hinterher, dann schnappte sie sich den Korb, um die Lebensmittel – und den Kaffee! – im Vorratsschrank zu verstauen.

Den Spezialkaffee hob sie auf. Sie nahm die Dose und drehte sie in den Händen. Nur dank dieses Pulvers stand sie lebendig in ihrer Küche und hatte für heute Abend eine Verabredung mit Dracula. Vorfreude prickelte durch ihre Adern. Hoffentlich lebte er bis dahin noch. Immerhin hatte er eine ganze Tasse Wachmacher abbekommen! Trotzdem würde Mina eine Thermoskanne davon mit zum Treffen nehmen. Nur zur Sicherheit.

Mina stellte die Dose zurück und schloss die Schranktür. Es galt, Tote zu beerdigen und Vorbereitungen zu treffen.

～

David Knospe

Barnabas – deus ex capulus machina

Das Schaufensterplakat war schlicht und einfach, und trotzdem sprach die ganze Stadt davon. *Der beste Kaffee der Welt* wurde versprochen. Es war nicht verwunderlich, dass auch ein besonderer kleiner Kerl von diesen schmackhaften Neuigkeiten hörte und zwar Barnabas B. Iber, seines Zeichens Kurator und Chef der Bibliothek auf dem Berg. Der Name Iber kam aber nicht von einem grausamen Stammbaum, sondern der Tatsache, das besagter Barnabas Berthold Iber tatsächlich ein Biber war. Er brachte es auf achtundachtzig Zentimeter und mit seinen zweiunddreißig Jahren befand er sich in der Blüte seines Lebens.

Auch die Tatsache war für ihn wichtig, dass seine Vorfahren einst Hüter des Waldes vor den Toren der Stadt waren, in der Barnabas heute lebte. Als die Bäume für Bauten und Papiergewinnung abgeholzt wurden, gingen auch sie mit ihnen. Seine Vorfahren wurden zwar nicht zu Büchern, doch sie nahmen sich ihrer an. Nachts, wenn die Menschen Feierabend machten, waren sie es, die Ordnung in das Chaos brachten. Und dabei lernten sie die Bücher lieben. So kam es, dass er schon früh durch die Regale schmökerte und sich von *Moby Dick* bis hin zu Büchern über ägyptische Götter alles durchlas. Er war von seinen Blutsverwandten der letzte. Doch das machte nichts. In Tinte und Toner verewigte Welten und Figuren waren seine Freunde – seine Familie. Ebenso die Wasserspeier auf dem Dach, aber das war eine andere Geschichte. Und in der Bibliothek hatte alles Regeln, denen er treu folgte. Weil Regeln wichtig waren.

Barnabas Gedanken kehrten zu dem Schild im Schaufenster des Old Hickory Hock zurück, das nicht nur visuell, sondern auch durch Mundpropaganda Leute anlockte. Und da er einem guten Kaffee nicht abgeneigt war, befand er sich gerade in einer Gasse gegenüber des Hock. Für ihn war es ungewöhnlich, um diese Zeit in der belebten Stadt unterwegs zu sein. Aber bemerkten die Menschen den Biber in seinem taubenblauen Mantel? Nein. Und das lag nicht am hochgestellten Kragen oder dem Stetson-Penn-Hut, den er tief ins Gesicht gezogen trug. Er war deshalb unsichtbar, weil alle um ihn herum nur eines wahrnahmen: sich selbst. Normal störte ihn diese allzu menschliche Eigenschaft, doch heute war er glücklich darüber.

Barnabas eilte aus der Gasse hinüber hinter ein parkendes Auto, ließ den Blick von rechts nach links und wieder nach rechts schweifen und lief dann – so schnell seine kleinen Beine ihn trugen – über die Straße. Zwischen den Bremslichtern eines Ford Escort und einer Mülltonne spähte er zur Tür des Hock. Das Risiko entdeckt zu werden war hoch, aber die Neugier, nachdem er so viel über den Kaffee gehört hatte, war größer.

Mit einigen Trippelschritten und Pirouetten um die Beine von zwei Passanten kam er bei der Tür des Lokals an. Die Holztür knarrte, als er versuchte, sie vorsichtig und geräuschlos zu öffnen – was natürlich beides nicht miteinander zu vereinbaren war. Trotzdem huschte er schnell durch den Türspalt. *Leer* war das erste Wort, das ihm in den scharfen Sinn kam, danach folgten *dunkel* und *verraucht*. Barnabas spielte bereits im Kopf durch, wie er dem Kellner erklärte, was er wollte. Würde man ihm glauben oder ihn gar verjagen? Nein, das glaubte er nicht. Schließlich war er ein höflicher Biber und schon seine Großtante Tatjana sagte immer ... Nun – irgendwas mit *höflich* ... Das auf jeden Fall.

Während er noch grübelte, erloschen die wenigen Lichter der Kneipe und der Bartresen am anderen Ende verschwand im lichtleeren Raum. Dann flammte ein Spotlight auf, das genau auf ihn zielte. So viel also dazu, unentdeckt aufzutreten. Durch die Lautsprecher verstärkt, die allem Anschein nach den gesamten Raum durchzogen, donnerte eine Stimme und ließ seine Ohren vibrieren.

»Barnabas! So sieht man sich wieder.«

Witzig, dachte Barnabas bei sich, wo er doch im Moment gar nichts sah, außer dem grellen Licht und den schwarz tanzenden Punkten vor seinen Augen.

»Nun wird die Rache mein sein!«

Soll sie doch, dachte er weiter. *Du bekommst deine Rache und ich bitte das Licht aus der Schnauze genommen.*

Laut sagte er: »Nette Begrüßung, aber ich sehe nichts. Würden Sie nun bitte die Freundlichkeit besitzen, das Licht zu dimmen?«

»Ähm ... Also eigentlich habe ich noch ein paar Zeilen voll Theatralik vorbereitet. Und das wirkt mit diesem Licht und der aktuellen Atmosphäre deutlich stimmungsvoller«, erklärte die Stimme aus den Boxen mit hörbarer Unsicherheit.

»Das stimmt natürlich *ungesehen,* wenn Sie mir den Wortwitz erlauben, weil ich im Moment gar nichts erkennen kann. Trotzdem wäre mir persönlich eine Unterhaltung ohne tanzende Lichtflecken vor den Augen lieber. Die Theatralik habe ich außerdem schon etwas zunichte gemacht, befürchte ich. Das tut mir natürlich leid, da Sie sich ja anscheinend so viel Mühe gegeben haben«, fuhr Barnabas fort.

»Sehr höflich von dir, das zu bemerken und dich dafür zu entschuldigen. Dann werde ich jetzt ... Moment ...«

Wenige Augenblicke – beziehungsweise zwölf tanzende Flecken – später wurde der Spot abgeschaltet und Barnabas Augen jubilierten mit Freudentränen. Durch Reibung verschaffte er sich Linderung.

»Dann tritt näher, Barnabas B. Iber! Und triff auf deinen Erzfeind, der dich in deine letzte Falle gelockt hat.«

Barnabas konnte sich keinen Reim auf die Worte machen, aber ging Richtung Tresen. Nun konnte er den Zustand der Bar genauer begutachten. Alles sah etwas heruntergekommen und verwahrlost aus. Keine Sache, die ihn groß störte, da er nach dem Grundsatz lebte: Jedem wie es ihm gefiel. Vielleicht war der Eigentümer jemand, der auf den Grunge-Look stand, vor allem bei Möbeln und Lampen. Sollte das der Fall sein, war das hier ein Paradies aus Staub und Schmutz. Beinahe zu bewundern, wie sehr sich jemand in seinem Thema vertiefen konnte. Personen mit Herz und Leidenschaft waren Barnabas durchaus sympathisch und sah man von dem vorherigen Anleuchten ab, war der Empfang auch recht aufwendig gestaltet.

In Gedanken vertieft, lief er in ein Bein eines Barhockers. Wo war bloß seine Aufmerksamkeit? Natürlich beim Grunge-Lover! Mit wenig grazilen Bewegungen, die seiner Spezies angeboren waren, erklomm er den Stuhl, um auf Höhe des Tresens zu gelangen.

Der Ausschank war geputzt worden und er hoffte, dass es den Grunger nicht zu viel Herzblut gekostet hatte, dieses Möbelstück anzupassen. Die meisten Flaschen im Spiegelregal hinter der Bar waren nur halb voll. Barnabas entging nicht, dass einige Tropfen sehr edel und vermutlich teuer waren. Er selbst trank nie Alkohol, aber unter den exotischeren Büchern seines Zuhauses befanden sich auch Whiskey- und Gin-Ratgeber. Er hatte zwar nie verstanden, wieso man einen Ratgeber dafür brauchte, aber Menschen waren nun einmal so.

Als seine Gedanken abermals auf Reisen gehen wollten, tauchte hinter dem Tresen ein Mann auf, der ihn nicht ansah. Das graue Haar hing über den Großteil des weißen Gesichts und die Augen blickten auf einen Punkt am anderen Ende der Bar. Mit hängenden Mundwinkeln machte sich der Mann daran, Gläser zu putzen, wobei er ein Handtuch benutzte, das weder sauber machen konnte noch eine Veränderung bei den wasserfleckigen Gläsern bewirkte.

Das muss der Grunge-Mensch sein, dachte Barnabas anerkennend, denn der Herr hatte sich auch bei seinem Äußeren voll und ganz seiner Sache verschrieben.

»Hallo! Bevor wir nun über Epos und Theatralik zu plaudern anfangen, lassen Sie mich Ihnen sagen, wie schön ich Ihren Einsatz finde.« Barnabas lächelte ihn fröhlich an, während er ihm die Pfote entgegenstreckte. »Barnabas Berthold Iber ist mein Name, aber ich glaube, das wissen Sie bereits. Wie lautet Ihrer?«

Die Lautsprecher hallten plötzlich in der mittlerweile vertrauten Stimme von der Begrüßung wider, nur diesmal eine Spur genervter. »Das ist Patty, ignoriere ihn einfach. Er macht nur sauber.«

Barnabas sah sich um, fand jedoch keinen Ursprung der Stimme. »Nun ja, sauber ist ein dehnbarer Begriff, möchte ich meinen«, feixte er fröhlich. »Wollen Sie sich nicht zeigen, mein Herr?«

Die Stimme aus dem Lautsprecher räusperte sich und verschluckte sich dabei. Der folgende Hustenanfall hallte durch das Hickory Hock und zerstörte schließlich alles, was noch von der Theatralik übrig war. Schade. Da hatte sich jemand Mühe gegeben, Stimmung aufzubauen, und dann ging es schief.

Hinter einem Vorhang, direkt neben dem Bartresen, raschelte es und ein kleines Wesen, das sich im Hustenkrampf beugte, stolperte auf das Holz. Als es sich erholt hatte und wieder Luft bekam, richtete es sich auf, zog den schwarzen Mantel über dem weißen Fell glatt.

»Na gut! Dann halt von Auge zu Auge. Von Mann zu Mann!«

Barnabas wollte ihn bereits korrigieren, von wegen Mann und Biber, aber er ließ es lieber. Das Frettchen im Mantel schien über seinen verpatzen Auftritt schon wütend genug zu sein.

»So sehen wir uns wieder! Barnabas Berthold Iber, Sohn von Matilda und Berthold. Enkel Friedrichs und Magdas. Großneffe von Tatjana!«

»Kennen wir uns?«, fragte Barnabas irritiert.

Als hätte er das kleinere Tier mit einer Ohrfeige versehen, torkelte dieses zurück. »Das ist eine Frechheit unerkannten Ausmaßes! Aber etwas anderes habe ich von meinem Erzfeind auch nicht erwartet. Aber schön. Ich spiele dein Spiel mit. Mein Name, wie du wissen solltest, ist Harald Hauke Hallamus der Vierte von und zu Schwingstein.«

Schwungvoller Name, dachte Barnabas und schmunzelte über sich selbst. Es wäre natürlich unhöflich, es auszusprechen, aber er konnte seinen Humor kaum zügeln – vor allem, da er sich selbst oftmals für sehr witzig hielt.

»Schön, Sie kennen zu lernen, Harald Hauke Hallamus der Vierte von und zu Schwingstein. Darf ich Sie Harald oder Herr Hallamus nennen? Wären wir nur Figuren in einem Buch, würde das dem Autor immerhin sehr viel Schreibarbeit ersparen.«

»Wären wir Hirngespinste eines Autors, dann wäre er selbst schuld, mir diesen Namen gegeben zu haben. Aber für dich, Barnabas, bleiben wir bei Hallamus. Herr, Sir, Lord – ist mir einerlei.«

Barnabas nickte.

»Wohl denn, Herr Hallamus. Woher kennen wir uns? Sie scheinen ja viel von mir zu wissen. Aber ich kenne nicht viele Frettchen, müssen Sie wissen.«

Wieder dieser Gesichtsausdruck, als hätte Barnabas ihn geohrfeigt. Er schien immer wunde Punkte zu treffen, was ihm leid tat.

»Ich bin kein Frettchen, du Schuft! Deine Beleidigungen zeigen mal wieder die Verdorbenheit deines Charakters. Ich bin ein Hermelin. Das ist was ganz anderes!«

»Eigentlich sind Hermeline eine Unterart der Frettchen, aber sei es drum. Ein adrettes Hermelin wie Sie, so mit Mantel und allem, wäre mir sicher im Gedächtnis geblieben«, antwortete Barnabas. »Außerdem bin ich wegen des Kaffees hier. Kann ich davon eine Tasse haben? «

Leichtfüßig – und kurz auf allen vieren – huschte Hallamus an ihm vorbei und baute sich neben dem Grunge-Putzer auf. »Kaffee?! Hast du es noch nicht begriffen? Ich habe dich mit dieser Kaffeefinte her gelockt, damit ich Rache an dir nehmen kann!«

»Auch Rache ist besser mit einer Tasse Kaffee vor sich, finde ich. Also gibt es hier keinen?«

Das Hermelin stutzte kurz. »Doch, schon. Aber darum geht es nicht!«

»Also ich würde einen nehmen – mit einem Würfel Zucker, bitte. Ginge das?«

Das Frettchen schien nicht zu verstehen und fuhr deshalb mit seinem Monolog fort. Barnabas mochte Monologe nur selten, sie waren so … einseitig.

»Nach Jahren der Schmach begegnen wir uns hier auf dem Schlachtfeld der Titanen wieder. Für ein letztes … Sag mal, Patty, was machst du da?«

Der Grunge-Kerl drehte sich gerade von der zischenden Kaffeemaschine um und stellte eine Tasse Kaffee zusammen mit einer Zuckerdose vor Barnabas ab. Gemeinsam und fast wie aus einem Munde gaben sie Hallamus zur Antwort: »Kaffee.«

Patty lächelte den Biber an, der dieses Lächeln nur zu gerne erwiderte.

»So, nun habe ich endlich den berühmten Kaffee des Hickory Hock. Mal sehen, ob er wirklich so gut ist, wie die Werbung verspricht.«.

Das Hermelin rieb sich angestrengt die kleine weiße Stirn. »Das war ein Trick. Der Kaffee ist nichts Besonderes.«

Barnabas, der gerade einen Schluck genommen hatte, schloss die Augen und schnurrte leise. Der Kaffee war vorzüglich. Also doch kein leeres Werbeversprechen. »Oh, er ist exquisit! Die Mischung ist perfekt!«

Hallamus trat ein paar Pfotentapser näher. »Ist er das? Also nicht, dass das eine Rolle spielen würde, aber es ist doch ein amüsanter Zufall, nicht? Ich meine, meine Falle für dich mit diesem Lockmittel stimmt mit der Realität überein. Sachen gibt's.«

Barnabas hörte ihm kaum zu, da der Kaffee ihn wohlig in ein fernes Land zwischen Okzident und Orient forttrug. Er konnte förmlich den heißen Sand unter seinen Pfoten fühlen und die frischen Kaffeebohnen schmecken. Den Geist so auf Reisen zu schicken war etwas, das jeder Büchernarr liebte. Dieses Gefühl noch dazu durch einen Schluck Kaffee zu erleben, war eine neue Erfahrung, für die Barnabas unendlich dankbar war.

»Entschuldigen Sie, aber der Kaffee hat mich gerade mit sich gerissen. Wo waren wir stehen geblieben? Ach ja: Rache. Fahren Sie bitte fort.«

Hallamus schien noch weißer geworden zu sein – sozusagen entgeistert und farblos, was für ein weißes Hermelin schon etwas heißen mochte.

»Ich glaube, du willst mich auf den Arm nehmen! Oder weißt du wirklich nicht, wer ich bin?«

»Natürlich weiß ich das.« Barnabas sah ihn ernst an. »Sie sind Harald Hauke Hallamus der Vierte von und zu Schwingstein. Zumindest sagten Sie das. Und durch Sie habe ich diesen Kaffee entdeckt – dafür wird mein Dank Ihnen ewig sein.«

Hallamus warf die kleinen Pfoten über den Kopf und lief auf dem Tresen auf und ab. »Du weißt also wirklich nicht, wer ich bin. Wieso wir Erzfeinde sind und warum ich Rache an dir nehmen will?«

Barnabas schüttelte den Kopf, während er noch einen Schluck des bombastischen Kaffees nahm.

»Du bist die Unverfrorenheit in Person! Aber gut, dann erzähle ich dir meine Geschichte.« Er wollte gerade dazu ansetzen, als Barnabas ihn mit ernster Miene unterbrach.

»Darf ich dabei trinken? Der Kaffee ist echt der Hammer.«

Hallamus nickte zaghaft und fuhr fort. „Du und dein Pack habt einem jungen Mann eine Mahnung angelastet, weil ihm jenes Malheur passiert ist, ein ausgeliehenes Buch nicht rechtzeitig abgegeben zu haben. Das Schicksal hatte es ohnehin schon nicht gut mit der armen Seele gemeint und der Schlag des Mahnbescheids ihn endgültig gebrochen. Derart am Ende und ohne eine Wahl, musste er sich von einigen Habseligkeiten trennen, um das Bußgeld zu entrichten. Unter anderem von seinem treuen Hermelin. Dieses wurde in einem Park ausgesetzt, wo die dichte Vegetation dem Tier grausam und gierig alles abverlangte. In den Nächten träumte es von Rache an der Person, die für sein Leid verantwortlich war. Barnabas B. Iber. Das Monster, das mit purer Absicht mehrere Leben zerstörte. Aber das

Hermelin war stark und rappelte sich wieder auf. Wurde stärker und schaffte es durch Spekulationsgeschäfte mit Bitcoins wieder ganz nach oben. Den Gedanken an Rache hatte es jedoch nie verloren. Und dieses Hermelin steht heute vor dir und fordert ein, was ihm gehört.« Er schloss die Ausführungen mit einer Faust, die in seine offene Pfote knallte.

Barnabas sah ihn aus großen Augen an, während er noch einmal am Kaffee nippte. Er setzte ab und applaudierte. »Bravo, bravo! Sie sind ein ausgezeichneter Geschichtenerzähler. So viel Leidenschaft in der Stimme und so viel Pathos in jedem Satz. Wirklich bravo!«

Das Hermelin kam nun ganz nah heran und schob die Tasse beiseite. »Das ist das Einzige, was bei dir hängengeblieben ist? Du willst mich doch bloß noch saurer machen, oder?«

Barnabas versuchte die Tasse, die nun weiter rechts stand, an den Mund zu führen. Der Kaffee machte süchtig und er konnte ihn nicht wegstellen. Nachdem er mehr schlecht als recht ein seitliches Nippen riskierte, hob er beschwichtigend die Tatze. »Ich habe das alles verstanden. Sie müssen allerdings zugeben, dass die Geschichte etwas hanebüchen ist, nicht? Mit diesen Plotholes und den unrealistischen Charakteren. Aber die Vortragsweise: magnifique!«

»Was meinst du damit?«

»Wenn Sie möchten, zähle ich es für Sie auf: Eine Mahngebühr beträgt fünf Euro. Jeder Mensch, der wegen eines Bußgeldes von fünf Euro ein Tier verstößt, ist entweder gestört oder einfach ein Arschloch. Und ein Hermelin, das sich im Park lebend mit Bitcoins hocharbeitet? Sehr unrealistisch. Wie hat es Zugriff zu den Computern gefunden?«

Hallamus erkannte offensichtlich seine Chance und triumphierte innerlich. »Die habe ich natürlich in der Bibliothek an den kostenfreien Terminals erworben und verwaltet. In der Höhle des Löwen selbst sozusagen.«

Nun war es an Barnabas, sehr zufrieden zu lächeln, wobei seine Barthaare steil nach oben gingen. »Die Höhle des Bibers meinen Sie wohl. Und raten Sie mal, wer dafür gesorgt hat, dass die Terminals Tag und Nacht für jeden kostenfrei nutzbar sind.«

Wieder eine Ohrfeigen-Gesichtsausdrucks-Reaktion. »Nein!«

»Doch.«

»Was?«

»Mist, ich dachte Sie sagen *oh* wie bei den Louis-de-Funès-Filmen. Schade, aber vielleicht ein anderes Mal. Darf ich jetzt meinen Kaffee weitertrinken?«

Das Hermelin sank am Tresen auf den Pelzpopo und begann sich das Fell am Kopf zu raufen. »Wie kann das sein? All meine Pläne von dir zunichte gemacht und nun bist du noch ein Gönner in meinem Lebensweg.«

Barnabas, der nun fast die Tasse leergetrunken hatte und dem letzten Schluck entgegenfieberte, ließ die Aufmerksamkeit vom großartigen Kaffee zum Frettchen – ähm – Hermelin wandern.

»Das ist doch fantastisch! Also können wir dieses Racheding sein lassen. Und dieses Erzfeindding auch, ja? Ich hatte noch nie einen Erzfeind und weiß gar nicht, wie aufwendig das ist. Muss ich da etwas machen? Gibt es regelmäßige Treffen, um die Feindesbeziehung zu pflegen, oder reicht es bei zufälligen Begegnungen aus, sich einfach düster anzuschauen? Fragen über Fragen. Jedenfalls klingt es nach viel Arbeit. Wollen wir es also nicht einfach lassen und Freunde werden? Sie sind ein toller Geschichtenerzähler und scheinen sehr schlau zu sein – beides Dinge, die ich sehr mag.«

Herr Hallamus war wieder auf den Pfoten und schrie frustriert auf, während er wütend gegen die Tasse trat und sie so über den Rand des Tresens fegte. Wieder wie aus einem Munde stießen Patty und Barnabas einen Schrei aus. Trauer, Wut und Enttäuschung lagen darin. Und ja, verehrte Leser*innen, der Kaffee war so verdammt gut, um das Ganze zu rechtfertigen.

Das Gefühlschaos überraschte Barnabas selbst ein bisschen, denn es handelte sich bloß um Kaffee, nicht? Trotz dieses kleinen Moments der Einsicht wanderte sein fassungsloser Blick von Hallamus zu dem Ort, wo die Tasse den Tresen verlassen hatte und wieder zurück. Hallamus schien die Tragweite seines Handelns zumindest einzusehen, denn er war aufgrund ihres Aufschreis zusammengezuckt. Und nun blickte er entschuldigend zu Barnabas, der immer weiter die Augen aufriss.

»Nun übertreib mal nicht so, Barnabas Iber, es war doch nur eine Tasse Kaffee«, sagte das Hermelin, seine Reaktion komplett falsch deutend, was jedoch verständlich war, da es nicht sah, was Barnabas gerade erblickte. Hinter dem weißen Tier schwoll Patty an. Im wahrsten Sinne des Wortes. Was Barnabas zuerst für ein Aufbäumen eines aufgebrachten Menschen gehalten hatte, war nun deutlich mehr. Der graue Leib sprengte das Bandshirt, auf dem ein sehr passendes *Boom* noch zu erkennen war, bevor es riss. Die grauen Haare wichen dem größer werdenden Kopf und aus der Haut schien Rauch aufzusteigen.

Er qualmte. Ein faszinierender, aber auch sehr beängstigender Anblick. Barnabas deutete auf das immer noch wachsende Wesen, um sein Gegenüber darauf aufmerksam zu machen. Das Hermelin wollte gerade wieder zu einem Wortschwall ansetzen, als der Biber ihm der Einfachheit halber den Kopf leicht zur Seite drehte, damit er endlich sah, wie sich Grunge-Patty zu PopUp-Patty verwandelte. Hallamus kleiner weißer Kiefer klappte hinunter. Er huschte blitzschnell hinter Barnabas' Rücken und spähte ängstlich über dessen Schulter hervor, auf die er sich mit den Vorderpfoten stellte.

Patty hatte inzwischen die fettigen Haare gegen eine Glatze getauscht, die mit dunkelbrauner Haut glänzte. Zwei gewirbelte Hörner hatten sich auf den Schläfen hinzugesellt. Aus tiefschwarzen Augen funkelte er die beiden an, während ein dichter Rauchschwaden seinen Unterkörper verhüllte. Oder war das nun gar sein Unterkörper? Mindestens drei Meter ragte der ehemalige Kaffeebringer mittlerweile auf und seine Miene verhieß nichts Gutes.

Barnabas war der Erste, der seine Worte in den Tiefen seiner Überraschung wiederfand. »Okay, das ist beeindruckend! Beängstigend, aber beeindruckend!«

Der Rauch wirbelte schneller um ihn herum, als dass das Ex-Patty-Wesen sprach. »Schweig, du Wurm! Ich bin …«

Der Biber unterbrach ihn mit leicht zitternder Stimme: »Ich wette du sagst jetzt gleich: dein Erzfeind.«

Kurze Stille. »Was? Nein. Großartig! Jetzt hast du Wurm es versaut.« Noch wütender verschränkte er die absurd muskulösen Arme vor der ebenfalls absurd muskulösen Brust.

»Das macht er gerne«, schaltete sich nun auch Hallamus ein.

Barnabas wurde es langsam zu bunt.

»Auf welcher Seite stehen Sie eigentlich, Hallamus?«, fragte er. »Außerdem mache ich das ja nicht mit Absicht. Ich finde allerdings, dass Pathos und solch bombastische Auftritte auch epische Reden verlangen. Die Bezeichnung Erzfeind und das Gerede mit der Falle hatten wir ja vorhin schon. Aber pssst, ich glaube, der Große wollte gerade was sagen.«

Das Wesen schien sich wieder beruhigt zu haben und setzte von vorne an. »Ich bin Capulus, geschmiedet aus rauchlosem Feuer und Herr der tausend Gelüste des Mokkas. Und dieser Wurm eines Wurms hier hat meinen Plan zunichte gemacht.« Capulus deutete auf die beiden, die jeweils erst auf sich selbst, dann auf den anderen zeigten.

»Nein, ich meine den kleinen weißen Wurm eines Wurms.«

Barnabas schlug sich mit der Pfote gegen den Kopf. »Ach so, Sie meinen Hallamus. Aber der ist kein Wurm, sondern ein Hermelin. Eine Verwechslung kann auf diese Entfernung schon mal passieren.« Kurz hielt er inne. »Ein Ifrit also? Mist, ich dachte zuerst, Sie wären ein Alien oder so. Dann würden Sie zum SciFi-Genre gehören. Dürfen wir trotzdem mehr Details erfahren?«

Capulus lachte schallend und dunkel auf, was das Hickory Hock im Ganzen durchschüttelte. »Was ist das hier? Ein Film, in dem der Bösewicht seine Pläne offenlegt? Ich bin zwar ein Ifrit, aber ich schaue auch fern, ihr sterblichen Wesen.«

Hallamus schien nun selbst wieder etwas mehr Fassung zu erlangen.

»Was hast du mit Patty gemacht, du Monster?! Er war seit der grauen Zeit im Park ein treuer Gefährte.«

Wieder donnerndes Lachen vom Ifrit. »*Ich* war es die ganze Zeit! Wer hat dein Herrchen dazu getrieben, dich auszusetzen? Was meinst du, woher du das Glück bei deinen Spekulationen hattest? Wieso du den Plan entwickelt hast, den Biber her zu locken? Das war alles ich! Ich steuere dich schon die ganze Zeit wie eine Marionette. Und nun hast du alles zunichte gemacht.«

Hallamus schien nun vollends zwischen Starre und Baby-Gebrabbel festzustecken. Also nahm Barnabas das Wort wieder an sich.

»Sie sind schon ein sehr alter Ifrit. Ein Wesen mit dämonischen Kräften und Mächten, die wir uns vermutlich nicht einmal vorstellen können, nicht wahr?«

Der Dämon aus Rauch nickte ruhig.

»Was – bei Einsteins Bart – wollen Sie dann von mir? Einem einfachen Biber aus einer Bibliothek? Und wieso diese Umwege über den armen Hallamus hier?«

Die Fragen des Nagers schienen Capulus zu gefallen. Er grinste böse. »Die Neugier ist des Kleintiers Tod, wie ein schlauer weiser Mann mal sagte. Ich bin ein Geist, den dümmere Wesen vielleicht als Lampengeist aus der Popkultur kennen. Ich darf – egal wie sehr es der eigene Antrieb verlangt – nicht handeln, ohne dem Wunsch eines Herrn nachzukommen. Und eigentlich wollte ich dich in meiner Hand haben. Durch den Kaffee wärst du mir verfallen, wenn du ihn ausgetrunken hättest. Aber sei es drum, dann nehme ich mir eben einfach so, was ich will.«

Barnabas dachte intensiv nach, während sich ein Lächeln auf sein Gesicht stahl, das der Ifrit allerdings nicht zu bemerken schien. »Halt, Stopp! So einfach geht das mal gar nicht! Ist das nicht Betrug?«, fragte er. »Schließlich haben Sie erst den Wunsch im armen Hallamus geweckt, mich als Erzfeind zu betrachten. Das ist sozusagen passiv-aggressives Marketing. Gibt es dafür keine Regelwächter oder so? Außerdem erklärt das noch lange nicht, wieso Sie hinter mir einfachem Biber her sind. Und jetzt einfach *nehmen?* Das geht ja mal gar nicht. Ich denke mal nicht, dass Ihr Meister hier noch viel Interesse an Rache hat, oder?« Barnabas blickte zu Hallamus, der versuchte, an seinen Fingern die Geschehnisse, die ihn hergebracht hatten, abzuzählen und in Selbstgebrabbel zu rekapitulieren. Anscheinend ohne Erfolg. Der war gerade keine Hilfe.

»Wissen ist Macht, kleiner Biber. Wissen ist Macht. Und wenn in diesem uralten Sprichwort nur ein Funke Wahrheit steckt, bist du eines der mächtigsten Wesen dieser Zeit. Ich möchte deine Macht haben, um mich von den Fesseln der Regeln zu befreien. Sie mit der Gewalt deines Verstands zu sprengen, der zwar beschränkt, aber dennoch mit Wissen vollgestopft ist.«

Barnabas tapste vor dem wirbelnden Rauch des Ifrits auf dem Hocker auf und ab. »Gut, das ergibt Sinn, wenngleich ich nicht weiß, wie Ihnen mein Wissen – zum Beispiel über die chronologischen Tode in *Das Lied von Eis und Feuer* oder die Anzahl der Fußnoten in allen Terry-Pratchett-Romanen – helfen soll. Wenn Sie nett gefragt hätten, hätte ich Ihnen natürlich gerne geholfen. Aber Ihr rüder Versuch, mich zu verhexen und erfolglos zu fangen, ist alles andere als nett! Sie sagten selbst, dass in allem ein Funke Wahrheit steckt. Kennen Sie *Aladin?* Stimmt es, dass Dschinns in Flaschen leben?«

Der Ifrit stockte kurz und löste die Arme vor der Brust. »Ja und nein. Wir sind zumeist an physische Dinge gebunden, aber selbst wenn du diesen Gegenstand zerstörst, bleibe ich hier und schnappe dich, falls es dein Plan war, abzuhauen.«

Barnabas lugte am großen Wesen vorbei und erkannte den Ursprung der Rauchschwaden. Sie schienen aus der Kaffeemaschine zu kommen. Er hoffte, dass die Verbindung der Maschine zum Geist nur metaphorisch war, sonst hatte er wirklich Ifrit-gebrühten Kaffee genossen. Und diese Vorstellung behagte ihm so gar nicht. Er schüttelte sich kurz, ehe er sagte: »Nein, keine Sorge. Ich mache gar nichts kaputt. Doch vielleicht möchte Hallamus ein Andenken behalten, wenn das hier vorbei ist. Ich bezweifle, dass Sie mich anfassen können, Sie großer Haufen heiße Luft. Von wegen Mokkageist – höchstens Muckefuck!«

Der Dampf wirbelte nun rötlich und schneller um Capulus auf. Danach stieß er auf Barnabas hinab. Gerade als er ihn an der Gurgel packte, schien er offensichtlich zu begreifen, dass der Biber ihn angrinste. Barnabas zeigte hinter ihn. Als der Geist sich umwandte, erkannte er, was Barnabas bereits die ganze Zeit über hatte sehen können: Zwei noch monströsere Ifrits in schwarzblauen Rauch gehüllt türmten sich vor ihm auf. Capulus schluckte und setzte Barnabas ab, um beschwichtigend die Arme zu heben.

»Das war ein Missverständnis! Ich habe im Auftrag des Wiesels gehandelt, wie es das Gesetz besagt.«

Barnabas nuschelte ein leises »Hermelin« in Richtung der großen Gestalten. Die zwei Geister schauten sich grimmig an und nickten anschließend zeitgleich.

»Capulus, Ifrit der Mokkagelüste, geschmiedet aus feuerlosem Rauch, wir verhaften dich aufgrund eines Regelverstoßes. Du wirst vor einen Richter gestellt, der ein Urteil über dich fällen wird.«

Capulus wehrte sich, aber seine Hände waren plötzlich aneinander gefesselt, bevor er es überhaupt verstand. »Das ist unfair! Ich wurde reingelegt! Von diesem Biber und diesem Frettchen!« Seine Worte verhalten im Dunst, in denen sich alle drei gigantischen Gestalten auflösten. Nach wenigen Augenblicken waren nicht einmal mehr ihre Schleier in der Luft zu sehen.

Barnabas pfiff fröhlich, als er zu Hallamus auf den Tresen sprang und ihm auf die Beine half.

»Danke, du hast mir das Leben gerettet!«, schluchzte das Hermelin glücklich und warf sich an die Brust des Bibers.

»Ach, das waren ja die zwei Großen, ich habe nur etwas mehr gestichelt. Alles gut bei dir?«, fragte Barnabas nun in vertraulicherem Ton.

Hallamus pelziges Gesicht tauchte tränennass von Barnabas Brust auf. »Ja. Und das nach allem, was ich dir angetan habe. Woher wusstest du, dass er damit nicht durchkommt?«

Barnabas lächelte freundlich. »Du hast mich her gelockt, mir einen geistreichen Kaffee beschert und noch viel wichtiger: eine schöne

Geschichte verpasst. Also wenn jemand sich bedanken muss, dann wohl ich.« Er streckte die Pfote aus und bekam einen festen Tatzendruck samt Schütteln. Es gab eben Dinge auf dieser Welt, die konnte man nicht zusammen erleben, ohne anschließend Freundschaft miteinander zu schließen. So war es auch in diesem Fall. Eine unausgesprochene Freundschaft angesichts eines Ifrits auf Abwegen.

»Darf ich dich was fragen?«, wollte Barnabas wissen, als sie zusammen den Stuhl hinabkletterten.

»Alles!« Hallamus nickte ehrlich erfreut.

»Darf ich die Kaffeemaschine haben?«

Das Hermelin blieb kurz stehen und schaute seinem neuen Freund in die Augen, versuchte wohl zu erkennen, ob Barnabas es ernst meinte.

»Nur, wenn du mir endlich verrätst, woher du wusstest, was passieren wird«, feixte Hallamus.

»Ich habe geraten. Jede Regel braucht jemanden, der sie aufgestellt hat und überwacht, oder? Und der Typ hat ja lang und breit die Regeln erklärt. Deshalb dachte ich, ich probier's mal aus.«

Harald Hauke Hallamus der Vierte von und zu Schwingstein hätte wohl bei so viel Dreistigkeit irritiert oder verwundert sein müssen, doch ihm war anzusehen, dass er dieses Verhalten von seinem neuen Freund einfach erwartete.

Mal abgesehen davon: Sollten Sie je in der Bibliothek auf dem Berg sein, probieren Sie doch den Kaffee dort. Er ist zwar nicht mehr von einem Ifrit besessen, aber immer noch etwas ganz Besonderes.

~

Jenny Wood

Café au Lethe

April 1906, San Francisco

Erinnerungen schlummern in den kleinen Dingen. Ein Lied, ein Bild, ein Geschmack lockt sie hervor und mit ihnen all die verborgenen Gefühle, die weggeschlossen werden sollten. Denn beim bloßen Gedanken daran schmerzt das Herz vor ungeweinten Tränen.

Vergessen ist ein Segen, Verdrängung ein Talent der Menschen, während wir Unsterblichen ewig leiden müssen.

Der Mann, der mir gegenübersaß, starrte aus nebelverhangenen Augen vor sich hin. In seiner Miene deutete nichts auf die vorherigen Sorgen. Sacht nahm ich ihm die Kaffeetasse aus der Hand, die schon in gefährliche Schieflage geraten war, und nippte daran. Ich verzog das Gesicht, aber was hatte ich auch erwartet, nachdem der Fremde die halbe Zuckerdose in das Tässchen geschüttet hatte?

Ich stellte die Tasse ab. Als hätte das Klirren des Porzellans seine Gedankengänge zerrissen, blinzelte der Mann plötzlich. Sein Blick klärte sich und er sah mich verwirrt an. »Wer sind Sie?«

»Niemand, aber sie können mich Lethe nennen«, antwortete ich lächelnd und musterte ihn. »Wie fühlen Sie sich?«

»Ich ...« Irritiert runzelte er die Stirn, als ahne sein Unterbewusstsein, dass etwas nicht stimmen müsse, dass etwas fehlte, doch dann legte sich ein entspanntes Lächeln auf seine Züge. »Danke, es geht mir sehr gut.«

Ich nickte zufrieden und faltete die Hände im Schoß. »Das freut mich zu hören.«

Plötzlich beschämt zog der Fremde die Schultern hoch. »Verzeihen Sie, Miss ... Lethe, kennen wir uns?«

»Nein, das Café war bereits voll, als ich kam, nur an Ihrem Tisch war noch ein Platz frei. Sie hingen so Ihren Gedanken nach, da wollte ich Sie nicht stören.« Mein Lächeln wurde sanfter, während ich nach meiner eigenen Tasse griff und daran nippte. Der leicht bittere Geschmack des Heißgetränkes erfüllte meinen Mund und hinterließ eine Wärme in Kehle und Magen, die beinahe die Kälte der Unterwelt aus mir vertrieb.

Auch den Menschen war dieser Trunk kostbar geworden. Sie verbanden viel damit – Luxus, Genuss, Geborgenheit und Entspannung. Es war genau das richtige Mittel, um meine Kräfte zu verstärken, wenn ich keinen Zugang zum Wasser des Flusses der Unterwelt hatte. Früher hatte ich es den verstorbenen Seelen bei Eintritt ins Reich der Toten gereicht, damit sie ihr sterbliches Leben vergaßen. Heute wusste ich, dass sie schon genug zu Lebzeiten plagte, was es wert war, verdrängt zu werden.

»Entschuldigen Sie, ich muss eine schreckliche Gesellschaft gewesen sein. Leider ...« Er warf einen Blick auf die Standuhr, die neben der Theke des Cafés stand. »Leider muss ich dringend nach Hause. Lassen Sie mich wenigstens den Kaffee bezahlen.«

Ich winkte dankend ab. »Das ist bereits erledigt. Passen Sie auf sich auf.«

Der Mann erhob sich, setzte seinen Stetson auf und tippte sich an die Krempe. »Vielen Dank, Miss.« Dann wandte er sich ab und verließ mit federnden Schritten das Etablissement.

Zufrieden lehnte ich mich zurück, legte die Hände um meine Tasse, die noch etwas Wärme ausstrahlte, und labte mich daran. Meine kalten Finger erinnerten mich stets an das Totenreich und daran, dass ich nie ein Teil der Lebenden sein würde. Egal, wie viel Hitze sie in sich aufnahmen, sie blieben kalt und taub.

Mit einem Seufzer verpuffte mein Glücksgefühl. Die Sorgen, die ich dem Fremden soeben nahm, die ich ihn hatte vergessen lassen, vereinten sich mit meinem Schatten, der an meiner Seele klebte wie flüssiger Teer. Kaum hatte der Mann erreicht, was er wollte, hatte er auch mich vergessen. Mich, ein Wesen zwischen den Welten, das hier keinen Platz zu haben schien.

Dämmriges Licht legte sich über das Café. Als spürte die Sonne meine Zweifel, hüllte sie sich in schwere Wolken und nahm die Wärme des beginnenden Frühlings mit sich. Ein Frösteln breitete sich in mir aus und hinterließ eine schmerzende Gänsehaut auf meinen Unterarmen. Mit zusammengezogenen Augenbrauen betrachtete ich die weißen Ärmel meiner Bluse. Irgendetwas stimmte nicht.

»Aber das ist unmöglich«, flüsterte ich zu mir selbst und bemerkte dabei nicht, dass ich ins Altgriechisch wechselte. Erst als sich meine Augenlider senkten, als seien sie mit zähem Honig verklebt, spürte ich die knisternde Magie, die mich umgab. Die Welt hatte den Atem angehalten, Sterbliche waren in der Bewegung erstarrt, selbst die Staubkörner tanzten nicht mehr in den vereinzelten Sonnenstrahlen, die durch das Schaufenster brachen. Nur mein Herz widerstand dieser Macht und hämmerte hektisch gegen den Brustkorb.

Die Glocke an der Eingangstür blieb stumm, als sich eine dunkle Gestalt dort formte. Selbst das Tageslicht schien es nicht zu wagen, ihn zu berühren, doch meine Augen hatten ihn längst erkannt. Der großgewachsene Mann trug einen anthrazitfarbenen Anzug mit dazu passender Weste und einem Hemd. Sein halblanges, dunkles Haar war zurückgekämmt und bildete einen starken Kontrast zu seiner hellen Haut und den milchigen Augen. In seinen Händen hielt er das Zepter seines Reiches wie einen Gehstock.

»Hades Pelorios«, murmelte ich und hielt mich krampfhaft an der Tasse fest, um mein Zittern zu verbergen. Wut, Angst und der Drang, dem Gott der Unterwelt zu gehorchen und vor ihm auf die Knie zu fallen, kämpften in meiner Brust um die Vorherrschaft.

»Ungeheuer? So?«, raunte Hades und zeigte ein wölfisches Grinsen. »Begrüßt man so seinen König nach all der Zeit?« Wie ein Raubtier trat er näher an meinen Tisch heran. Bei jedem zweiten Schritt traf sein Stab dröhnend auf den Boden.

Im Augenwinkel bemerkte ich einen gewaltigen finsteren Hund, der vor dem Café patrouillierte. Ich saß in der Falle. »Was willst du?«, knurrte ich und klang dabei mutiger als ich eigentlich war. Ich ahnte, dass etwas Schreckliches bevorstand, wenn der König des Totenreiches sich an die Oberfläche wagte. Obwohl der Glauben an die Olympioi vor Jahrhunderten gestorben war, hingen sie alle in ihren Rollenbildern, betranken sich mit Ambrosia und weinten den alten Tagen nach, in denen man ihnen zu Ehren Ochsen geschlachtet und Kriege geführt hatte. Ihre Zeit war vorbei. Sie gehörten nicht in diese Welt – wie ich.

»Lethe, meine wunderschöne Lethe.« Hades legte seine bleichen Finger unter mein Kinn und zwang mich, zu ihm aufzusehen. Er lächelte süffisant, doch in seinen Augen lag etwas, dass ich bei ihm nie vermutet hätte. Wehmut.

Beinahe zärtlich strich sein Daumen über mein Kinn, den Kiefer entlang und am Hals hinab. Plötzlich packte er zu und schnürte mir die Luft ab. Ich stieß einen erstickten Laut aus, als er mich zu sich hoch riss. Meine Tasse zerbarst auf dem Boden und der Inhalt tränkte meinen Rock.

»Wo ist sie?«, fragte er fordernd, ohne dabei die Stimme zu heben. Seine Miene blieb dabei gleichgültig. Nur das Lodern von kaltem Feuer in seinen Augen verriet, wie aufgebracht er war.

Sie. Natürlich. Es gab nur einen Grund, weswegen der Gott auf dieser Welt wandelte. Sie.

»Persephone«, krächzte ich und krallte meine Finger in seine Hand.

Tatsächlich ließ er mich sinken, bis meine Zehenspitzen den Boden berührten und lockerte den Griff, sodass ich keuchend die Luft einsog.

»Wo ist sie?«, wiederholte Hades mit Nachdruck.

»Woher bei allen Seelen der Unterwelt soll ich das wissen?«, knurrte ich und bemühte mich um einen wütenden Blick. »Sie teilt mit dir das Bett, schon vergessen? Es ist Frühling. Wahrscheinlich streift sie mit ihrer Mutter durch Europa. Das ist schließlich euer Pakt.«

Mit einem angewiderten Laut ließ Hades von mir ab. Ich stolperte zurück und sank auf meinen Stuhl. Murrend rieb ich mir die schmerzende Kehle.

»Sie hat den Pakt gebrochen. Bereits im letzten Herbst kam sie nicht zurück.«

Ich unterdrückte ein Stöhnen und strich mir erschöpft über die Augen. Es war nicht das erste Mal, dass Persephone getürmt war und sich vor ihren Pflichten als Göttin der Unterwelt drückte, doch am Ende hatte Hades sie immer wieder zurückgeholt. Dabei hatte ihm mal Hermes geholfen, mal seine Handlanger Thanatos und Hypnos, aber noch nie hatte er mich um Hilfe gebeten. Aus gutem Grund.

»Sie ist nicht hier«, versuchte ich so ruhig wie möglich zu erklären und strich mir eine Haarsträhne zurück, die sich aus meiner Flechtfrisur gelöst hatte. Ich flehte stumm, dass er die Wahrheit in meinen Worten erkannte. »Ich halte mich seit Jahrhunderten von den Euren und dem Olymp fern.« Der Schmerz, den diese Worte mit sich brachten, ließ meinen Magen krampfen.

Hades hielt inne und sah nachdenklich auf mich herab. »Ich glaube dir.«

Beruhigt durch sein Eingeständnis atmete ich auf.

»Trotzdem wirst du mir helfen, sie zu finden«, verkündete er mit finsterer Stimme.

Überrascht sah ich auf und schüttelte den Kopf. »Ich bin nicht dein Spürhund!«, entgegnete ich und zeigte auf Zerberus, der es sich vor dem Café gemütlich gemacht hatte. »Halt mich da raus. Ich gehe euch aus dem Weg seit … seit …« Ich schluckte und wandte den Blick ab. Meine Wangen glühten und ich konnte nicht sagen, ob vor Scham oder bei dem Gedanken an die schmerzvollen Erinnerungen.

Hades trat hinter mich, beugte sich hinab und küsste mich auf den Scheitel. »Ich weiß, meine Schöne. Ist es nicht ein grausames Schicksal, dass die Daimona des Vergessens selbst nichts vergessen kann?« Er lachte trocken und sein Atem auf meiner Haut hinterließ eine Gänsehaut. »So muss ich dich zumindest nicht erinnern, was passiert, wenn du mich enttäuschst.« Erneut schlang er die Finger um meinen Hals und beugte sich so weit herab, dass seine Lippen neben meinem Ohr waren. »Bring mir Persephone oder ich wiederhole, was ich getan habe, als du sie schon mal vor mir verstecken wolltest. Damals in Pompeji.«

Mit einem lauten Rauschen verschwanden seine Lippen, seine Hand, seine ganze Gestalt. Die Zeit tauchte aus dem Honig und setzt sich schlagartig wieder in Bewegung. Plötzliche Geräusche – Gespräche, das Klirren der Gläser – klangen wie Lärm in meinen Ohren. Die Scherben meiner Kaffeetasse knirschten unter meinen Stiefeln, als ich panisch das Café verließ.

Ich saß auf der Kaimauer und starrte grübelnd in die dunklen Gewässer, in der Hoffnung, eine Nachricht der Najaden zu erhalten, die ich am Tag zuvor um Hilfe gebeten hatte. Das Volk der Nymphen galt gemeinhin als geschwätzig. Und ich hoffte, dass sie oder zumindest ihr Gerede einen Weg zu der Göttin des Frühlings finden würden.

Die dunkle Gestalt des friedlichen Todes lehnte sich neben mich an die Mauer und folgte meinem Blick über die Wellen. Ich spürte seine Anwesenheit wie Eis auf der Haut. Hades hatte mir Thanatos geschickt, um mich zu kontrollieren.

Ich unterdrückte einen genervten Laut. »Onkel«, grüßte ich den Unsterblichen, worauf er grinsend seine Reißzähne entblößte.

»Er hat dir eine Aufgabe gegeben und du sitzt entspannt am Hafen und genießt den Ausblick«, entgegnete er in unserer alten Sprache. »Ich weiß nicht, ob es Mut oder Dummheit ist.«

»Machtlosigkeit«, verbesserte ich. »Im Gegensatz zu euch bin ich nur eine kleine Daimona und nicht in der Lage, einer Göttin zu befehlen, wann sie wo zu erscheinen hat. Wenn selbst der Gott der Unterwelt sie nicht bändigen kann, wie soll es mir dann gelingen?«

Thanatos' Grinsen wurde breiter. »Wir wissen doch alle, wie du sie gefügig gemacht hast.« Dabei landete seine Hand wie zufällig auf meinem Oberschenkel.

Ich verpasste ihm eine Ohrfeige, bevor ich wusste, was ich tat. Der Totengott wich knurrend zurück und fixierte mich wie ein tollwütiges Tier. Kein Unsterblicher war es gewohnt, dass man ihm Widerworte gab. Obwohl die Welt sie vergessen hatte, waren sie immer noch so selbstverliebt, dass sie sich für die Krone der Schöpfung hielten.

Zitternd vor Wut erwiderte ich den Blick und wappnete mich für seine Reaktion. Thanatos griff nach meinen Oberarmen und zerrte mich von der Mauer. Ich strampelte, trat um mich und traf ihn mehrmals hart, doch er ignorierte es ebenso wie die wenigen Passanten meine Flüche und Schreie. Wer wollte sich schon einmischen, wenn ein Seemann eine Hafenhure etwas gröber anfasste?

Mit Schwung stieß der Gott mich gegen die Kante der Mauer und presste mir so die Luft aus der Lunge. Er beugte sich über mich und krallte mir seine langen Fingernägel in die Arme. »Vielleicht sollte ich dir eine Mahnung in dein Fleisch schneiden, damit du nicht vergisst, wer du bist und wem du zu dienen hast, dreckige Daimona.«

»Krummst du ihr auch nur ein Haar, bitte ich Zeus persönlich, dich zu den Titanen zu sperren, damit sie dir die Glieder ausreißen, wie einer lästigen Fliege.« Die sanfte, warme Stimme stand im harten Kontrast zu den gewählten Worten, doch verfehlte sie ihre Wirkung nicht.

Thanatos hielt inne und sah sich mit geweiteten Augen um. Hinter ihm stand eine Frau in einem hellen Sommerkleid. Ihr braunes Haar war aufwendig geflochten und mit Mohnblüten und Hyazinthen verziert. Das Leben an der Oberwelt hatte ihre Haut sanft gebräunt, doch in ihren Augen brannte das Feuer des Tartaros. Sie war zierlicher als ich, beinahe zerbrechlich, doch strahlte ihre Haltung Macht und Erhabenheit aus.

Mein Herz schlug aufgeregt in der Brust. Unsere letzte Begegnung war viele Jahrhunderte her und während mich meine Schatten auffraßen, wirkte sie immer noch so schön wie an dem Tag, als sie zum ersten Mal die Unterwelt betreten hatte.

»Persephone«, schnurrte Thanatos und lockerte den Griff für einen Moment. Ich nutzte die Chance, schlug seine Arme beiseite und brachte ein paar Schritte zwischen uns.

»Für dich immer noch Herrin oder meine Königin, Thanatos«, wandte Persephone ein und reckte herausfordernd das Kinn.

Linkisch verneigte der Angesprochene sich. »Wie Ihr wünscht, Herrin, doch Euer Thron ist verwaist. Euer Gemahl sucht bereits nach Euch.«

»Dann richte ihm aus, dass er suchen kann, bis er tot umfällt. Ich kehre in die Unterwelt zurück, wenn ich es will.«

»Aber Herrin!«, brauste Thanatos auf und trat beinahe flehend einen Schritt vor, doch Persephone brachte ihn mit einer gebieterischen Geste zum Schweigen.

»Schluss! Ich will das nicht hören. Kriech zurück an die Ufer des Styx und leck Hades die Stiefel. Ich will dich nie wieder in Lethes Nähe sehen, klar?«

»Euer Wunsch ...«, murmelte Thanatos, aber seine Miene verriet, dass er von der Anweisung gar nicht begeistert war. Folgsam löste er sich in schwarzen Nebel auf, den eine Brise vom Meer davon trug.

Stille legte sich schwer auf meine Brust und zwang mich zum Reden. »Das war keine gute Idee von dir.«

Persephone zuckte mit den Schultern. »Schreib es auf die Liste meiner schlechten Entscheidungen. Ich habe ein paar davon getroffen.« Kaum waren ihre Worte verklungen, fiel Persephones Maske. Ihre Schultern sackten hinab und mit erschrockener Miene eilte sie zu mir. Seufzend fiel sie mir um den Hals und drückt mich an sich. »Beim Olymp, du bist wohlauf! Die Nymphen sprachen so wirr, ich hatte Angst, er hätte dir etwas angetan.«

Überrascht verkrampfte ich mich. Ihr Geruch nach Frühlingsblüten und Honig hüllte mich ein, ihr weiches Haar streifte meine Wange, ihr Körper war so warm wie ein lebendig gewordener Sonnenstrahl. Ich blinzelte irritiert und als mir endlich dämmerte, dass ihre Erscheinung keine Einbildung war, schlang ich die Arme um Persephone und vergrub mein Gesicht in ihrem Haar.

»Du weißt, das würde er nicht wagen«, raunte ich. »Der Schaden, den er damit anrichten würde, wäre viel zu groß.«

Persephone löste sich etwas und sah zu mir auf. Sie legte mir eine Hand auf die Wange und lächelte liebevoll. »Lass uns nicht über diesen alten, mürrischen Mann reden. Nach all der Zeit. Sag, wie geht es dir?«

Ich schmunzelte und sprach aus, wie ich es in diesem Moment empfand. »Verwirrt, aber überglücklich, dich zu sehen.«

Sie nickte leicht, wobei ein paar der Blüten in ihrem Haar lautlos zu Boden rieselten. »Du hast mir gefehlt, Wächterin.«

Bevor ich antworten konnte, schloss sie meinen Mund mit ihren Lippen. Ein Seufzer entfuhr mir, als ich sie fester an mich drückte und den Kuss erwiderte. Zweifel zupfte an den Resten meines Verstandes und ich wusste, dass ich gerade einen großen Fehler beging. »Wir sollten …«, wisperte ich gegen ihre Lippen, doch Persephone biss mir fordernd in die Unterlippe.

»Später«, hauchte sie und wischte mit einem weiteren Kuss meine Zweifel fort.

Die Titanen selbst schienen das Haus, in dem ich lebte, aus dem Boden zu reißen und kräftig zu schütteln. Ich schreckte aus den Kissen hoch. Vor dem Fenster herrschte immer noch Dunkelheit, weswegen ich noch nicht lange geschlafen haben konnte.

Mein Kleiderschrank klapperte aufgeregt mit den Türen, das Mauerwerk knarrte bedrohlich. Mit einem dumpfen Knall fiel meine Waschschüssel auf den dicken Teppich. Die Erde um mich herum zitterte wie ein störrisches Pferd. Doch kaum, dass ich aus dem Bett springen wollte, ebbte das Beben ab. Nur ein paar aufgeregte Stimmen drangen von der Straße zu mir hinauf.

Neben mir gab Persephone einen unwilligen Laut von sich und drückte ihre Nase in die Kissen. Obwohl ihr langes Haar zerzaust und all ihre Blüten verteilt in meinem Zimmer lagen, sah sie wunderschön aus. Ihre gebräunte Haut malte sich deutlich von den hellen Laken ab. Ihre Gesichtszüge waren friedlich und der Anblick entspannte mich augenblicklich.

Ich leckte mir über die Lippen, schmeckte das Salz ihrer Haut und sofort flatterten die Schmetterlinge in meinem Bauch bei der Erinnerung, was wir in den letzten Stunden angestellt hatten. Sie vertrieb meine Schatten und erfüllte mich mit sehnsuchtsvoller Wärme. In ihren Armen war ich komplett.

Rasch legte ich mich wieder zu ihr, schmiegte mich an sie und weckte sie mit zärtlichen Küssen auf den Hals und das Schlüsselbein. Persephone wiederholte ihr Murren grinsend. »Du bist unersättlich, Daimona.«

»Wir haben viel nachzuholen«, merkte ich an und wanderte mit den Lippen zu ihren Brüsten. Ergeben reckte sich die Göttin mir entgegen. Ihr Leib erzitterte unter meinen Berührungen, doch ... das Zittern erfasste erneut das ganze Zimmer.

Erschrocken riss ich den Kopf hoch und stieß einen Fluch aus. Persephone stützte sich auf die Ellbogen und sah sich mit einer Mischung aus Verwirrung und Erschrecken um. »Was ist los?«

»Ein Erdbeben«, erklärte ich knapp und war schon auf den Beinen. Hektisch suchte ich nach ihrem Kleid und warf es ihr zu. »Schnell! Zieh dir was an. Wir müssen hier raus, bevor das Gebäude einstürzt.«

Sofort sprang Persephone aus dem Bett, ignorierte ihr Kleid und griff nach meiner Hand. »Da hab ich eine bessere Idee.«

Ein Ziehen hinter dem Bauchnabel ließ mich erschrocken aufatmen. Das Zimmer um mich herum verschwand. Einen Lidschlag später standen wir auf der Straße. Eine Schar Schmetterlinge umtanzte uns, setzte sich auf unsere erhitzte Haut und verwandelte sich in antike Chitons, die uns verhüllten.

Das Beben schien mittlerweile die ganze Stadt erfasst zu haben.

Aufgeregt rannten die Menschen auf die Straßen, weg von den alten Häusern, und suchten Schutz auf freien Flächen. Es war nicht ungewöhnlich, dass San Francisco von leichten Erschütterungen geplagt wurde, aber ein Beben dieser Intensität hatte ich noch nie erlebt.

Da Persephone meine Finger immer noch umschlungen hielt, zog ich sie die Straße entlang in Richtung eines nahegelegenen Marktplatzes. Aus dem Haus gegenüber flüchtete ebenfalls eine Familie mit drei Kindern. Keinen Augenblick zu spät – über unseren Köpfen lösten sich die Dachschindeln und zerbarsten auf den Pflastersteinen.

Eines der kleinen Mädchen kreischte auf, geriet ins Straucheln und stürzte. Obwohl es mir zuwider war, Persephone loszulassen, löste ich meine Finger, lief zu dem Kind und hob sie auf den Arm. Der Vater, der selbst einen Säugling trug, schenkte mir ein flüchtiges Lächeln. Gemeinsam rannten wir weiter.

Auf dem Markt drängten sich bereits mehrere Menschen. Glocken schlugen Alarm und übertönten die Schreie und das Weinen. Die Erde schüttelte sich immer noch. Viel später sollte ich erfahren, dass es weniger als eine Minute war, doch in diesem Moment kam es mir wie eine Ewigkeit vor.

Ich setzte das Kind ab und schob es zu seiner Familie. Die Panik um mich herum steckte mich an. Plötzlich ertönte eine laute Detonation. Kreischend duckten wir uns und zogen die Köpfe ein. Als wir aufschauten, sahen wir in der Ferne das orangene Flackern am Nachthimmel. Irgendwo waren Gasleitungen gerissen und hatten die Stadt in Brand gesteckt.

Beruhigend zog ich Persephone an mich. Ihr Blick war apathisch auf das weit entfernte Feuer gerichtet. Ich konnte sehen, wie es sich in ihre Augen fraß und alte Erinnerungen hervorholte.

Das Feuer des Vesuvs hatte damals eine ganze Stadt vernichtet. Fast einen ganzen Tag hatte er giftige Wolken, Gestein und Lava ausgespuckt. Wer nicht von gewaltigen Bimssteinen erschlagen worden oder elendig an den Gasen erstickt war, den holte sich die Glutlawine. Hades hatte nichts übrig gelassen von der Stadt, in der sich seine Frau und ihre Geliebte versteckt hatten.

Die Schreie der Menschen in Pompeji waren dieselben gewesen wie die in San Francisco. Egal wie viel Zeit und Land zwischen ihnen lag, Panik klang immer gleich. Sie bohrten sich in meinen Verstand und würde mich noch tagelang wach halten.

Die Erkenntnis über die Ähnlichkeit der Ereignisse ließ mich würgen. Hastig schlug ich die Hand vor den Mund und starrte ungläubig in Richtung der Flammen.

»Hades«, keuchte Persephone neben mir und schluchzte laut. Sie griff nach meinem Handgelenk und zerrte daran. »Wir müssen hier weg!«

Ihre Worte lösten meine Starre und riefen Zorn hervor. »Weg? Und dann? Er wird diese Stadt trotzdem vernichten!«, rief ich empört.

»Vielleicht nicht, wenn wir ihn weglocken«, wandte Persephone ein.

»Und dann?« Ich schnaubte. »Wo willst du dich verkriechen? Afrika? China? Neuseeland?« Wütend schüttelte ich den Kopf. »Persephone, begreif doch! Er wird es immer wieder tun. Immer wieder, bis er hat, was er will.«

Tränen rannen über die Wangen der Göttin, die verzweifelt zu mir aufsah. »Aber ich will das nicht!«, schrie sie mir entgegen. »Ich kann nicht da unten hocken zwischen all den blinden, leeren Seelen, dem kalten Stein und den Feuern ohne Wärme. Daran zerbreche ich! Ich brauche die Oberwelt, die Sonne! Dich!«

»Sind dir denn all diese Sterblichen egal?« Ich breitete in einer allumfassenden Geste die Arme aus.

Zögernd biss Persephone sich auf die Unterlippe. »Ich ... bin ihnen nichts schuldig«, gestand sie schließlich.

Ich nickte verstehend. So war das unsterbliche Volk schon

seit jeher. Sie alle dachten in erster Linie nur an sich und die Menschen waren ihnen egal, solange sie nicht vor ihnen im Staub krochen und ihnen huldigten. Doch die Menschen waren dem entwachsen, hatten sich geändert und vielen Göttern den Rücken gekehrt. Obwohl sie weit unter den Olympioi standen, hatten sie neue Regeln geschaffen.

Wenn es ihnen gelungen war, dann ... konnte auch eine Daimona das Spiel ändern, oder nicht? Zu lange war ich im Schatten der Götter gekrochen und hatte ihnen als Spielball gedient. Selbst wenn ich nur unter den Menschen leben wollte, zogen sie mich in ihre Ränke hinein.

Ich legte Persephone eine Hand an die Wange, strich die Tränen fort und sah sie ernst an. »Ich kann nicht mit dir zusammen sein, wenn sich um uns die Leichen türmen.« Ohne eine Reaktion abzuwarten, wandte ich mich von ihr ab und ging in die Richtung, in der ich die Flammen vermutete. Ich hatte eine Ahnung, wo sie ihren Ursprung hatten.

Persephone stürzte hinter mir her, doch statt mich zurückzuhalten, verschränkte sie ihre Finger mit meinen und ging neben mir her. »Was hast du vor?«, fragte sie mit brüchiger Stimme.

Ein Teil von mir atmete erleichtert auf. Vielleicht waren die Sterblichen ihr nichts wert, aber ich schien ihr noch kostbar zu sein. »Ich werde das beenden. Ein für alle mal.«

Zu meiner Überraschung hatte Hades das Café, in dem wir uns begegnet waren, noch nicht in Schutt und Asche gelegt.

Das Beben hatte endlich aufgehört. Allerdings hielt ich es nur für ein Durchatmen des Totengottes, eine Art Warnung, dass es noch viel schlimmer kommen würde, wenn wir uns ihm nicht auslieferten. Wenn ich ihn davon abhalten wollte, musste ich ihn überrumpeln.

In dem Chaos, das auf den Straßen herrschte, fiel es nicht auf, dass zwei Frauen in altertümlicher Kleidung in ein Café einstiegen.

»Was wollen wir hier?«, verlangte Persephone zu wissen und sah sich stirnrunzelnd um.

»Vertrau mir«, bat ich sie und deutete auf einen freien Tisch, an den sie sich setzen sollte. Ich sah, wie sie kurz mit sich rang, dann aber meiner Bitte nachgab und sich auf einen der Stühle sinken ließ.

Ich musste mich zur Ruhe zwingen, um alles so vorzubereiten, wie ich es für meinen Plan brauchte. Dabei ging eine Porzellankanne zu Bruch und gemahlener Kaffee verteilte sich auf dem Boden. Doch schließlich übernahm die Magie in mir die Führung. In den letzten Jahren waren die Griffe eine Art Meditation geworden und zusammen mit dem Geruch löste es eine gewisse Entspannung in mir aus. Doch dieses Mal kostete es mich weitaus mehr Kraft als mir lieb war. Immer wieder musste ich mich schwankend am Tresen festhalten und hoffte, dass es Persephone nicht auffallen würde.

Schließlich gelang es mir, ein Tablett mit drei dampfenden Tassen auf den Tisch zu stellen. Erschöpft sank ich ebenfalls auf einen der Stühle und erlaubte mir, einen Moment durchzuatmen.

Persephones zweifelnder Blick lag auf mir. »Ist es nun völlig um dich geschehen?«, fragte sie zaghaft. »Bist du wahnsinnig geworden oder warum kochst du ausgerechnet jetzt Kaffee?«

Ich fuhr mir über die Augen und strich mein Haar zurück, ehe ich mich beschwörend vorlehnte. »Wie ich schon sagte, du musst mir vertrauen.« Mahnend hob ich einen Zeigefinger.

Die Göttin wollte etwas entgegnen, doch ich fuhr ihr über den Mund. »Und jetzt ruf ihn.«

»Was?«

»Ruf ihn!«

Empört schnappte Persephone nach Luft, doch als ich nur die Augenbrauen hoch zog, schloss sie die Augen und konzentrierte sich. Einen Atemzug später knisterte die Luft vor göttlicher Magie und Hades, Bruder des Zeus und Gott der Unterwelt, materialisierte sich mitten im Café. Wie wir hüllte er sich in griechische Gewänder und seine bleiche Haut schimmerte wie das Mondlicht.

Ein mildes Lächeln spielte mit seinen Lippen, als er uns betrachtete. »Sieh an, seid ihr doch noch zur Vernunft gekommen?«

Unsicher sah Persephone zu mir. Ich trat gegen einen freien Stuhl, sodass er sich einladend in Richtung des Gottes drehte. »Sagen wir, deine Argumente waren überzeugend.«

Ich sah, wie es hinter Hades' Stirn arbeitete. Er suchte nach dem Haken, doch seine Überheblichkeit flüsterte ihm, dass er gewonnen hatte. So folgte er meiner Einladung und setzte sich zu uns. »Tragisch, dass ich euch alle paar Jahre neu daran erinnern muss.«

»Ich dachte, wir könnten vielleicht die Regeln nachverhandeln«, schlug ich vor und verteilte die Tassen.

Hades legte die Stirn in Falten und lehnte sich zurück. »So? Ich denke nicht, dass ihr in der Position seid, um zu verhandeln.«

»Dann appelliere ich an deine Großzügigkeit«, versuchte ich es weiter und ignorierte Persephones wütendes Schnauben. Stattdessen griff ich nach meiner Tasse und prostete dem Gott zu. Er folgte meinem Beispiel und nippte an dem Getränk. Nach einem anerkennenden Murren leerte er die Tasse in einem Zug. Mit Schwung stellte er sie zurück auf den Tisch und gab ein leises Seufzen von sich.

»Nun, meine Schönen. Ich will nicht so sein. Wenn ihr beide mir nun brav in die Unterwelt folgt und eure Aufgaben übernehmt, werde ich nach einer Weile darüber nachdenken, euch entgegenzukommen.«

»Aber ...«

Ich brachte Persephone mit einer raschen Geste zum Schweigen. »Und die Menschen?«

Hades betrachtete mich amüsiert. »Die interessieren mich nicht.« Als ich keine Reaktion zeigte, verdrehte er die Augen. »Ich werde ihnen kein Haar krümmen.«

Ergeben nickte ich und erhob mich. Hades tat es mir gleich, nur Persephone blieb mit verbissener Miene sitzen und starrte mich finster an, als hätte ich sie verraten. Hades schien beschlossen zu haben, das zu ignorieren. Auf einen Wink hin erschien ein Portal in die

Unterwelt. Er wandte sich an Persephone und reichte ihr die Hand. »Meine Königin.«

Plötzlich erstarrte er. Seine milchigen Augen weiteten sich und färbten sich schwarz, ehe er sie verdrehte und bewusstlos nach hinten durch das Portal fiel. Hastig griff ich nach seinem Handgelenk, ließ mich ebenfalls durch das Tor ziehen und fing seinen Sturz ab. Sorgsam ließ ich ihn auf den harten Stein des Thronsaals sinken und strich ihm entschuldigend das Haar aus dem Gesicht.

»Du hast Hades getötet!« Persephone war aufgesprungen und blickte entgeistert aus dem Café auf uns herab.

»Sei nicht albern. Eine Daimona könnte nie den Herrn der Unterwelt töten. Er liegt nur unter meinem Zauber.« Ich deutete auf die Kaffeetassen. »Magie ist mächtig, wenn sie mit positiven Eigenschaften verknüpft wird, wie einem Geschmack, der Geborgenheit suggeriert. Hades wird vergessen, was geschehen ist.« Ich erhob mich und sah sofort, dass das Portal kurz davor stand, sich zu schließen. »Und jetzt solltest du gehen.«

»Aber ...« Unschlüssig machte die Göttin einen Schritt auf mich zu. »Was hast du vor? Dein Zauber wird ihn nicht lange kontrollieren.«

»Dann sieh zu, dass du rechtzeitig wieder zurück bist.« Ich lachte, um meine Angst und Trauer zu überspielen.

»Du willst bei ihm bleiben?«

Ich sah mich in dem Thronsaal um – die rauen, in schwarzen Stein gehauenen Wände, die blauen Fackeln, das Rauschen des Styx. Zum ersten Mal seit langem löste sich der Schatten von mir und ich konnte frei atmen. »Hier gehöre ich hin«, erkannte ich. »Vielleicht ist das meine Aufgabe, nach der ich so lange gesucht habe. Ich bleibe bei ihm, damit du gehen kannst.«

Persephones Augen füllten sich mit Tränen. »Er wird dich töten.«

Ich zog die Schultern hoch. »Nicht, wenn du zurück kommst.«

Widerwille legte sich in ihren Blick.

»Tu es für mich«, fuhr ich fort. »Nicht für ihn. Lebe an der Oberfläche, aber versprich mir, dass du zurück zu mir kommst.«

Ein warmes Lächeln der Göttin brachte die Schmetterlinge in meinem Bauch erneut zum Tanzen. »Ich verspreche es«, raunte sie und beugte sich vor für einen letzten Kuss, doch bevor sich unsere Lippen trafen, schloss sich das Portal.

Iva Moor

Licht und Nachtschatten

Knisternd fraß sich das heiße Wasser durch das Kaffeepulver, um kurz darauf verwandelt und duftend in die Kanne zu rinnen, zum gurgelnden Lied der Maschine. Mit geschlossenen Augen lauschte Luz der Melodie. Eine Tröpfchen-Symphonie aus miesem Filterkaffee, doch immerhin verschwanden dahinter die Stimmen, das Gelächter, die scheußliche Mischung aus Blut, Moder und frisch gebackenen Waffeln ...

»Reiß dich zusammen, der Boss guckt! Machst du mir einen Sanguccino und 'nen Espresso für die Trullas am Stehtisch?«

Widerwillig öffnete Luz die Augen. Bella war zurück, sie wischte soeben ihr bekleckertes Tablett ab. Die hellbraunen Borken ihrer Haut waren viel zu trocken und hatten den sanften Grünschimmer eingebüßt – sie beide hatten zu lange keine Sonne mehr gesehen. Wortlos reichte Luz ihr ein Glas Wasser, das Bella gierig leerte, zum Unmut ihres Bosses, der durch den Raum gestikulierte, dass sie sich ranhalten sollten.

Arschloch.

»Welche Sorte Sanguccino?«

»A positiv.«

Erleichtert nickte Luz. A positiv war bloß menschlich und eklig, aber nicht ...

Nicht drüber nachdenken.

»Und ein normaler Espresso? Ganz ohne Blut?« Während Luz das feine Espressomehl in den Siebträger füllte, spähte sie durch den Raum, in dem ein Haufen Vampire ihren untoten Gastgeber hochleben ließ. Im Kerzenschein glänzte der pechschwarze *Happy-Bitenight*-Zuckerguss auf der Buttercremetorte, die das Geburtstagskind nie kosten würde. »Kind« war natürlich relativ: Ernst Fleischhacker sah zwar aus wie ein pickeliger Teenager, doch mit seinen 312 Jahren zählte er zu den ältesten Untoten New Yorks. Und das bedeutete, dass Luz heute jeden noch so perfekten Kaffee mit Blut ruinieren musste. Immer dasselbe, wenn sie Catering für Vampire machten! Die Blondine, auf die Bella deutete, schien eine lebende Vampirin zu sein. Zumindest waren ihre Fangzähne zu klein und die Wangen zu rosig für eine Untote. Und die Brünette, mit der sie turtelte ... vielleicht eine Hexe? Oder der Mitternachtssnack der Blonden.

»Belladonna«, schnarrte der Boss durch den Raum, »du bist die schönste *Zimmerpflanze* der Stadt, aber bewegen darfst du dich trotzdem schneller. Räum Tisch 3 ab, dalli!«

Bella warf ihm einen garstigen Blick zu, als würde sie ihm gerne zeigen, wie giftig diese Zimmerpflanze werden konnte – aber der Boss war ein Magier und saß am längeren Hebel, also rauschte sie mit ihrem Tablett von dannen.

Luz schluckte hart. *Bitte komm zurück! Lass mich hier nicht alleine!*

Um sich zu beruhigen, lockte sie drei Espressi aus der Siebträgermaschine. Den ersten leerte sie selbst (der Boss mokierte sich stets darüber – »Eine Kaffeedryade, die Kaffee trinkt! Zählt das schon als Kannibalismus?«). Der Kaffee war mies, doch unter den totgerösteten Bohnen schmeckte sie ihre Herzpflanze – und spürte, wie die Blüte hinter ihrem Ohr sich ein wenig öffnete. Gestärkt bestreute sie den zweiten Espresso mit einer Prise Kardamom und zauberte mit dem letzten einen perfekten Sanguccino in einem hohen Glas. Zwischen dem kräftigen Espresso am Boden und der fluffigen Milchschaumhaube schwebte eine Schicht aus Blut.

Unruhig blickte sie sich um. Wie lange brauchte Bella, um Tisch 3 abzuräumen?

Statt ihrer Freundin erschien der Boss an der Theke – diesmal in Begleitung des Geburtstagskinds höchstpersönlich.

»Ich hatte Ihnen ja einen guten Schuss Koffein versprochen, Ernst«, tönte der Boss und deutete auf Luz. »Das ist sie.«

Ernst Fleischhacker hob die Mundwinkel, eine leere Muskelerinnerung daran, wie man lächelte. Seine Augen blieben seelenlos und tot. Verstört starrte Luz auf seine monströsen Fangzähne – lang, dick, glänzend vor Speichel. Ihr wurde schlecht.

»Service wird bei Ihrem Cateringdienst wirklich großgeschrieben, Ted«, gurrte Ernst und neigte fragend den Kopf. »Ist das ein Mann oder eine Frau?«

»Das ist eine Dryade«, antwortete der Boss schulterzuckend. »Gehen wir nach nebenan?«

Scheiße!

Der Boss packte sie am Arm. Reflexartig schlug Luz Wurzeln, doch die kleinen Triebe, die aus ihren Zehen sprossen, drückten nutzlos von innen gegen ihre Schuhe, unfähig, sich im Boden zu verankern. So griff sie verzweifelt nach der Thekenkante.

»Stell mich ja nicht vor unserem Auftraggeber bloß!«, zischte der Boss. »Denkst du, ich schleppe eine Kaffeedryade nur zum Kellnern auf eine Vampirparty? Los, beweg dich!«

Verängstigt blickte Luz sich um, doch sie konnte Bella nirgends entdecken.

»Kaffee vermisse ich am meisten«, plapperte Ernst mit seinem starken deutschen Akzent. »Keiner sagt einem vorher, dass man Unsterblichkeit mit einem empfindlichen Magen bezahlt! Ich kann nicht mal meinen Bissnachtskuchen probieren. Immer nur Blut ...«

Sie saßen auf einem Sofa im Nebenraum. Der Boss hielt sich diskret im Hintergrund, um der Beschädigung seines Personals vorzubeugen. Luz' Herz klopfte so laut, dass sie das Gebrabbel des Untoten kaum hörte.

»... Kaffeedryaden trifft man ja selbst in New York nicht alle Tage.« Ernst imitierte ein Lachen – echten Humor hatte er wohl vor Jahrhunderten verlernt. »Wo ist's dir lieber? Hals oder Arm?«

Luz öffnete den trockenen Mund, doch sie brachte keinen Ton hervor. Ihr war so schlecht – wenn sie jetzt sprach, würde sie brechen oder losschluchzen, und beides würde der Boss sie später büßen lassen.

»Wo immer Sie wollen«, antwortete der Boss für sie. »Nur zu!«

Also umarmte Ernst sie wie die schlechte Imitation eines Liebhabers. Er ignorierte ihr Zähneklappern und den Angsttau auf der Stirn; seine kalte Zunge glitt über ihren Hals. Vor Ekel musste Luz würgen. Beim ersten Versuch rutschten seine Fangzähne an ihren Borken ab, doch dann bohrten sie sich so tief in ihr Fleisch, dass Luz vor Schmerz aufjapste. Es fühlte sich an, als würde er mit glühend heißen Schürhaken unter ihrer Haut stochern! Das fiebrige Stechen strahlte vom Hals bis in die Schulter, und als er die Zähne aus der Wunde zog, glaubte sie, er würde ihr die Haut abziehen. Gleich darauf schlabberte diese eklige Zunge ihr Blut auf. Es roch grün, wie ungeschälte Kaffeebohnen, und der Geruch mischte sich mit dem Moder von Ernst, der genüsslich an ihrer Halsbeuge schmatzte.

Nicht weinen! Salz verdirbt den Geschmack, sagt der Boss …

Also kämpfte Luz die Tränen zurück und starrte an die Decke, während sich die Schürhaken erneut in ihr Fleisch gruben. Lauschte den Stimmen nebenan, dem Gläserklirren. Roch die Schnittchen und den Puderzucker auf den Waffeln. Stellte sich vor, sie würde mit Bella am Hudson-Ufer sitzen, Sonnenstrahlen auf der Haut, einen Mokka in der Hand, *frei!* Ein schöner Traum …

Als der Untote sie endlich losließ, hing sie schlaff in den Polstern. Ihr war so kalt! Zitternd drückte sie die Hände auf den schmerzenden Hals, versuchte sich aufzusetzen, doch ihr war furchtbar schwindlig … Ernsts Stimme klang fort – weit fort und unzufrieden.

»Wie Bohnenkaffee wird sie nie schmecken«, erwiderte der Boss. »Man könnte ihr Blut natürlich anrösten. Oder man hält sie vor eine Kerze, bevor Sie zubeißen.«

Feuer? Anrösten?! Panik jagte in Luz' Muskeln, brachte sie auf die Beine. Sie schwankte, schüttelte wild den Kopf, obwohl ihr davon noch schwindliger wurde. Verschwommen hörte sie, wie der Boss sie anpflaumte, sich wieder an die Arbeit zu machen – aber sie konnte ja kaum stehen! Sie klammerte sich an die Sofalehne. Nur kurz verschnaufen. Kurz ausruhen, bis sich ein paar neue Harz-, Blut- und Koffeinkörperchen in ihren Adern bildeten …

Als nächstes spürte sie warme Hände an ihrem Hals – und Schmerz! Benommen blinzelte sie. Sie lag auf dem Sofa, zwei Frauen hockten über ihr – die Espresso-Hexe und die Sanguccino-Vampirin.

Nicht noch eine!

Reflexartig schlug Luz nach der Vampirin.

»He, ich will nicht von dir trinken!« Beschwichtigend hob die Blondine die Hände. »Du bist umgekippt, Liebes. Ich heiße Joanne, und – … Mist, sie driftet schon wieder weg! Schatz, gibst du mir einen frischen Blutstiller?«

Etwas Weiches legte sich auf Luz' malträtierten Hals. Die Hexe flößte ihr vorsichtig eine Flüssigkeit ein, die nach Metall schmeckte und den Schwindel verscheuchte. Die Schmerzen klangen etwas ab.

»Danke«, murmelte Luz. Wie lange war sie ohnmächtig gewesen? Der Boss würde sie umbringen!

Die Hexe, die vor dem Sofa kniete, steckte sich eine Zigarette an. »Wie heißen Sie, Miss?«

»Canephora Luz.« Benommen schluckte Luz und verkrampfte, als Joanne ein weiches Pflaster auf ihrem Hals platzierte.

»Moira Bran.« Die Hexe reichte ihr die Hand. »Also, Canephora –«

»Luz.«

Die Hexe blies Rauch durch die Lippen. »Wir bringen Sie zu einem Heiler, ja, Luz?«

Eilig schüttelte Luz den Kopf. »Ich kann nicht weg. Ich arbeite doch noch!«

Joanne schürzte die Lippen. »Herzchen, du brauchst dringend einen anderen Job.«

»Wenn das so leicht wäre, Jo.« Die Hexe langte in ihre Tasche und hielt Luz eine Visitenkarte hin. »Hören Sie, ich arbeite als Reporterin für die *Paranormal Gazette.* Melden Sie sich bei mir, okay? Vielleicht kann ich Ihnen helfen.«

»Und dann?«, schnarrte jemand hinter ihr. Bella. Zerrupft und mit verbundenen Unterarmen, aber sie war *da!* Vor Erleichterung schossen Luz Tränen in die Augen. »Dann schreiben Sie eine reißerische Story über die armen Dryaden aus der Gosse, verdienen sich eine goldene Nase, und wir halten immer noch die Adern hin. Vergessen Sie's, Lady!« Bella zupfte der Hexe die Zigarette aus dem Mund und drückte sie demonstrativ aus.

»Wär' das erste Mal, dass unsere Zeitung was Goldenes sieht«, erwiderte die Hexe ungerührt. Ihr Blick hing kurz an der erstickten Kippe, glitt über Bellas verbundene Handgelenke. »Und Sie haben einen ähnlichen *Arbeitsvertrag* wie Luz, Miss ... ?«

»Belladonna Nour.« Bella reckte stolz das Kinn, doch die dunkelviolette Blüte hinter ihrem Ohr verschrumpelte zusehends. Sie wirkte wie das, was sie war: ein bildschönes Nachtschattengewächs, das im Dunklen gehalten wurde. Dennoch blieb ihre Stimme fest: »Ich übernehme ab hier, besten Dank.« Sie wartete, bis Hexe und Vampirin sich entfernten, ehe sie neben Luz auf das Sofa glitt. *Du siehst beschissen aus,* sagte Bella. Kein Englisch mehr. Für ihre Muttersprache brauchten sie keine Zungen. Die Worte wehten wie Blätterrascheln durch den Raum.

Mir geht's gut, log Luz. *Dir?* Sie sandte zarte Ranken aus ihren Fingerspitzen, die an die Verbände an Bellas Unterarmen rührten.

Bella zuckte mit den Schultern. *Du kennst doch das Spiel: Lebende Vampire wollen ein Nachtschatten-High, aber wenn sie merken, dass Tollkirschenblut bei ihnen heftiger reinhaut als bei den Untoten, ist der Spaß schnell vorbei.*

Sie zauberte eine Tasse Kaffee hervor. Den aus der Filtermaschine, mit dem richtig miesen Pulver, doch Luz schlang dankbar die Finger um das warme Porzellan.

Während sie genoss, wie die Flüssigkeit ihre Borken stärkte, sank Bella in die Kissen zurück. *Was würdest du machen, wenn wir unsere Schulden schon abgearbeitet hätten? Würdest du New York verlassen?*

Mit großen Augen blickte Luz sie an. *Wohin denn? Ich bin eine Großstadtpflanze. Woanders würde ich gar nicht zurechtkommen!*

Bella lachte. *Dito. Ich wünschte nur, wir könnten unsere Schulden einfach kellnernd abarbeiten, oder in der Küche, wie er damals gesagt hat, und nicht als …*

Lebendfutter?, sagte Luz leise.

DU bist Futter. Grimmig verschränkte Bella die Arme vor der flachen Brust. *Ich bin eine Droge. Und es ist nicht so sexy, wie es klingt.*

Schweigend nahm Luz einen weiteren Schluck der Plörre, die eher nach Spülwasser schmeckte als nach Kaffee. *Ich würde ein Café in der Sub Side aufmachen.*

Überrascht weiteten sich Bellas Augen. *In der Sub Side? Trotz allem?*

Da ist zumindest nie jemand auf die Idee gekommen, Möbel aus uns zu machen, erwiderte Luz.

Damit hatte ja alles angefangen. Mit den Leprechaun-Tischlern, die sie in ihre Werkstatt verschleppt hatten, um ihr Dryadenfleisch in dynamische Möbel einzuschreinern. Seitdem konnte Luz kein Regal anschauen, ohne sich zu fragen, ob eine tote Verwandte darin steckte. Der Boss hatte sie und Bella vor den Sägen der Leprechauns gerettet, die dafür seinen Laden demoliert hatten, und nun arbeiteten sie noch immer ihre Schulden ab. Damals hatte der Deal gut geklungen. Kellnern in einem magischen Catering-Service, wie wild konnte das sein? Und es war auch okay gewesen – bis der Boss sie auf die Snack-Karte für vampirische Kunden gesetzt hatte. »So könnt ihr eure Schulden schneller abbezahlen«, hatte er gesagt, doch die Schulden wurden nie weniger.

Luz zuckte zusammen, als der Boss in den Raum trat. Sie machte sich ganz klein, wappnete sich für den nächsten Anschiss, doch er zog sie beide bloß grunzend auf die Füße. Sein Atem stank nach Pooka-Whiskey.

»Endspurt, Leute! Machen wir den guten Ernst noch mal richtig glücklich!«

Der Auftrag war ein Erfolg. Glücklicher Kunde, großzügiges Trinkgeld. Trotzdem war der Boss beim Heimweg in die Sub Side mieser Stimmung. Er fluchte, schimpfte, hatte zu viel getrunken. Sobald sie die Wohnung über dem Catering-Service betraten, floh Luz ins Bad, um ihren Hals zu verarzten. Während sie die zerfetzten Wundränder im Spiegel betrachtete, tönten im Flur laute Stimmen. Der Boss grollte etwas Unflätiges, Bella giftete zurück. Besorgt steckte Luz den Kopf aus dem Bad – und sah gerade noch, wie der Boss Bella gegen die Wand drückte. Bella drehte den Kopf fort, versuchte, ihn wegzuschubsen, doch er nahm ihr Gesicht in die Hände und presste seine Lippen auf ihre – so wie Magier, Menschen und Vampire es taten.

Fuck!

Vor Schreck schlug Luz Wurzeln, die sich an die Dielen kletterten. Der Boss war ein Arsch, aber diese eine Grenze hatte er nie überschritten!

Fahrig drehte Bella den Kopf fort, doch der Boss fing ihren Mund wieder ein. Ein dumpfes, kehliges Fauchen ertönte – und nun fasste Bella den Boss ihrerseits bei den Wangen, zog ihn näher, öffnete den Mund. Prompt drängte er seine Zunge zwischen ihre Lippen, doch sein lustvolles Stöhnen schwoll zu einem erstickten Grunzen an.

Hastig riss er sich von Bella los. »Spinnst du?!«

»Was denn?« Schwer atmend starrte Bella ihn an. Blut glänzte auf ihren Zähnen. Ranken brachen aus ihren Fingern, wanden sich um seine Handgelenke, zogen ihn zurück in ihre Arme. »Das wolltest du doch, oder?« Und sie küsste ihn erneut – biss ihn abermals in die Lippe, in die Zunge, angriffslustig wie eine Hyäne. Als sie ihn endlich losließ, taumelte er zurück, presste sich verstört die Hände auf den Mund.

»Du bist ja völlig durchgedreht!« Er spuckte Blut auf die Dielen.

»Tu das nie wieder«, fauchte Bella. Violetter Speichel troff aus ihrem Mundwinkel. »Fass mich nie wieder an, du –«

Doch weiter kam sie nicht. Der Boss begann zu röcheln. Seine Augen quollen aus den Höhlen – und seine Pupillen waren riesig, wie Mantelknöpfe.

Nein, wie *Bellas* Pupillen.

Endlich regte sich Luz. Unter Schmerzen riss sie ihre Wurzeln von den Dielen. »Scheiße, was –«

»Ich wollte nur, dass er aufhört!« Ruppig wischte sich Bella über den Mund und verschmierte Blut und violetten Speichel auf ihrem Kinn. Die Knospe hinter ihrem Ohr stand in voller Blüte; in ihrem Haar schillerten pralle, reife Tollkirschen. So schön, so tödlich. »Er hat mir die Zunge in den Hals gesteckt, als hätte er's drauf angelegt!«

Ihre Worte gingen in einem erstickten Würgen unter. Der Boss rappelte sich auf, doch er schaffte es nicht ins Bad. Pooka-Whiskey und Galle ergossen sich auf die Fliesen.

Sollte er doch dran ersticken! Sie sollten ihn einfach liegen lassen und verschwinden!

Doch diesen bösartigen Impuls kämpfte Luz mühsam zurück. Zittrig fasste sie Bella am Arm.

»Krankenhaus. Sofort.«

»Ich wusste nicht, dass ich das kann«, sagte Bella Stunden später, als sie barfuß im ungemähten Gras des Hinterhofs lagen. »Jemanden mit Speichel vergiften.«

Luz schnaubte. »Es hat sich ja auch noch niemand erdreistet, dich ... wie nennen die das? Zu küssen?«

Beide schauderten bei dem Gedanken, Mundflüssigkeiten auszutauschen. Eklig!

Der Boss lebte. Zwar reiherte er sich im Hekate-Hospital die Seele aus dem Leib, aber er würde überleben, also hielt sich Luz' Mitgefühl in Grenzen. Sie war bloß erleichtert, dass Bella nicht zur Mörderin geworden war. Dass sie für den Moment die Morgensonne auf den Borken genießen konnten. Dass heute niemand Luz' Kaffeeblut und Bellas Tollkirschenessenz trinken würde.

»Was machen wir jetzt?« Bella drückte Finger und Zehen in den Boden. Feine Wurzeln krochen durch das Gras. »Hauen wir ab?«

Nachdenklich setzte Luz sich auf. Steckte die Finger tief in die Erde, suchte nach den Samen, die sie hier letzten Sommer vergraben hatte – wie ein stilles Gebet, das nie erhört worden war. Jetzt, mit warmer Sonne auf der Haut und sauberer Luft in den Lungen, hatte sie vielleicht genug Kraft, ihre eigenen Gebete zu erhören.

»Nein.« Sie lockte schüchterne Triebe aus der Erde, die ihren Fingerkuppen neugierig ans Licht folgten, in die Höhe und in die Breite wuchsen. »Solange wir Schulden bei ihm haben, kann er uns immer wieder in seinen Dienst fordern. Die Heiler sagen, er braucht Wochen, um sich zu erholen. Also führen wir den Laden weiter. Erwirtschaften so viel Kohle wie möglich. Wenn er zurückkommt, geben wir ihm das Geld, und dann sind wir ihn los – endgültig.«

Behutsam umfasste sie den schlanken Stamm des Strauchs, der weiter aus der Erde wucherte, und drückte die Handflächen an die verletzliche Rinde. Nicht zu schnell, ermahnte sie sich, gib ihm Zeit, lass ihn in seinem Tempo wachsen, sonst kann er nicht alleine stehen! Aber es fühlte sich so gut an! Es gab nichts Schöneres auf der Welt als die Begrüßung ihrer Herzpflanze! Ihr war so leicht zumute beim Anblick der Blätter, der Kirschen, der Blüten. Eine Knospe öffnete sich, verströmte den vertrauten Duft.

Hallo, Schatz. Ich hab dich so vermisst!

»Er ist wunderschön, Luz«, sagte Bella leise. »Aber ich weiß nicht, ob Kaffee gut in New York wächst.«

Liebevoll betrachtete Luz den kleinen Kaffeestrauch. Ein perfekter *Coffea canephora.* Als sie die Hände löste, sackte der Stamm etwas ein; die Blätter erschlafften, klammerten sich verzweifelt an ihre Zweiglein, doch Luz lächelte.

»Solange ich hier bin, geht's ihm gut.« Zärtlich kitzelte sie die winzige Blüte, aus der mit genug Liebe und Geduld eine pralle Kirsche wachsen würde. »Außerdem brauchen wir seine Hilfe, wenn wir das Geld zusammenkriegen wollen.«

Nun stützte Bella sich auf die Ellbogen. »Was hast du vor?«

Aufgeregt leckte Luz sich die Lippen. »Ich habe eine Idee. Und wir haben acht Wochen, um zu testen, ob es eine Schnapsidee ist.«

»Das war eine Schnapsidee!« Entsetzt wich Bella an die Hauswand zurück. »Wir hätten irgendwo eine Röstmaschine leihen können!«

»Und wovon hätten wir die bezahlt?«, flüsterte Luz.

Beide blickten zu ihrem Gast, der ihnen helfen sollte, Luz' frisch geernteten Kaffee in trinkbare Bohnen zu verwandeln.

»Es ist wirklich ungefährlich«, rief der rattengesichtige Magier namens Larry Drew, der vorhin zwei schwere Eisenkisten in den Hinterhof geschleppt hatte. Jetzt hielt er mit zärtlicher Miene eine Echse auf dem Arm – eine Echse mit ledrigen Flügeln, groß wie ein Kaninchen, aus dessen spitzzahnigem Maul eine Stichflamme hervorzüngelte.

»Ungefährlich!«, zischte Bella und duckte sich vor den Funken. »Was für ein Typ hält denn Drachen in New York?! Wo hast du den Kerl aufgegabelt?«

»Auf dem Schwarzmarkt«, wisperte Luz zurück. »Und es ist nur ein Zwergdrache!«

»Ah, na dann ist ja alles fein!«

Angesichts Bellas offener Angst gruben sich Luz' Wurzeln in die Erde, doch sie löste sie entschlossen.

Das war meine Idee. Wir ziehen das jetzt durch!

Mit klopfendem Herzen öffnete sie die zweite flache Truhe. Darin lagen zahllose grüne, getrocknete und geschälte Kaffeebohnen – die erste Ernte der Sträucher, die sie liebevoll im Hinterhof hatte wachsen lassen. Auf diesen Bohnen bettete sie behutsam die drei faustgroßen, dunkelblauen Eier, die Larry ihr reichte. »Sicher, dass die Flamme nicht zu heiß ist?«

Larry, der den Drachen wie ein Baby im Arm wiegte, grinste. »Ganz sicher. Mir röstet er manchmal Maronen oder Nüsse.«

Beim Anblick der Eier tänzelte der Drache auf Larrys behandschuhtem Unterarm. Die Eisenkette an seinem Hals klirrte, als er auf den Rand der Truhe sprang und sich über die Eier beugte. Sein Fauchen schmolz zu einem Gurren – dann spie er eine Stichflamme in die Truhe. Erschrocken duckte sich Luz vor dem Funkenflug. Über das Knistern der Flammen drang ein hohes Tirillieren, als würde der Drache singen.

»Fein machst du das, mein Prinzlein!«, zwitscherte Larry.

Luz kratzte allen Mut zusammen. Mit feuerfesten Handschuhen und einem langen Löffel wendete sie die Bohnen. Zwischen dem Drachenfeuer und den Eisenwänden der Truhe flirrte Hitze; der Drachenpapa machte nur kurze Pausen, um Atem zu schöpfen, ehe er erneut loslegte. So rührte Luz emsig die Bohnen, damit sie nicht verbrannten. Dampf waberte; der herrliche Duft frisch gerösteten Kaffees machte ihren Mund wässrig.

Als Larry die Echse nach zehn Minuten zurück in die Kiste setzte, zirpte der Drache herzzerreißend nach seinen Babys.

»Sie schlüpfen ja bald, Prinzlein«, tröstete Larry und kraulte den schuppigen Kopf.

Indes kippte Luz mit Bella, die sich endlich aus ihrer Ecke wagte, die Bohnen in eine Wanne, wo sie auskühlen konnten. Der Anblick der goldbraunen, sanft gerösteten Bohnen trieb ihr vor Stolz die Tränen in die Augen.

»Danke, Larry«, sagte sie heiser. »Möchten Sie den Kaffee kosten?«

»Das ist der beste Kaffee, den ich je getrunken habe«, verkündete die Hexe an Tisch 2.

Luz unterdrückte ein freudiges Quietschen. Sie hatte tagelang mit Larry an der richtigen Röstung gefeilt; nun waren ihre Espressobohnen perfekt – stark, aber nicht zu stark, die nussige Note hatte eine leichte Süße, ohne ins Zuckrige abzugleiten, und unter allem lag eine unaufdringliche Spur Kardamom.

Hinter ihr ertönte ein zufriedenes Lachen. »Glückwunsch, Chefin, das Haus ist voll!«

Bella, die ihr Händchen fürs Backen entdeckt hatte, verteilte frische Muffins in der Auslage. Über dem Mundschutz, den sie trug, um ihre Kreationen vor giftigen Malheuren zu schützen, funkelten ihre Augen. »Hat sich gelohnt, dass wir letzte Woche Gratis-Kaffee in der Sub Side verteilt haben!«

Und es lohnte sich, dass sie, zusätzlich zum Catering-Betrieb, nun Gäste in dem Raum empfingen, in dem sonst Probeessen stattfanden. Auf jedem Platz saßen Magier, Walküren, Satyre, Kobolde, die plaudernd Kaffee schlürften und genüsslich Bellas Teigkreationen mümmelten. Der Raum duftete herrlich nach frischem Kaffee und ofenwarmen Cookies – so, wie Luz sich ihr eigenes Café immer vorgestellt hatte.

Es war perfekt. Zu perfekt. Luz schluckte schwer und wischte sich über die Augen.

»He, was ist?« Vorsichtig stupste Bella sie an.

»Wenn der Boss entlassen wird, ist es hiermit vorbei«, murmelte Luz. »Ich bin so töricht, mein Herz hieran zu hängen – es war klar, dass wir irgendwann gehen, aber ...« Sie blinzelte durch die Tränen. »Wir hatten viel mehr Zeit, als wir dachten, weil sie den Boss so viel länger im Krankenhaus behalten haben – aber irgendwann *kommt* er zurück, und dann – was?«

Unter ihrem Mundschutz war Bella fahl geworden. »Du musst nicht traurig sein, Luz«, sagte sie leise. »Der Boss bleibt noch eine Weile im Krankenhaus. Wir haben alle Zeit der Welt.«

Dieser Tonfall ... Scheiße!

»Bella, was hast du angestellt?«

»Gar nichts!« Bella blickte auf ihre nackten Füße. »Ich wollte nur sehen, wie's ihm geht!«

»Und?«

»Oh, er war noch immer angeschlagen.« Nun nahm Bella den Mundschutz ab. Violetter Speichel glänzte auf ihren Lippen. »Aber er konnte artikulieren, dass wir dran sind, sobald er rauskommt. Er hätte uns nicht gehen lassen, Luz! Wir wären wieder auf der Speisekarte gelandet. Du zumindest – mich hätte er für die Nummer mit dem Kuss den Leprechauns zurückgegeben.« Sie zupfte den Ärmel zurecht, unter dem sie ihre Bissnarben versteckte. »Ich kann das nicht mehr, Luz. Und du auch nicht. Wir sind kein Lebendfutter.«

Bei der bloßen Erinnerung an all die Zähne, die ihre Borken durchstoßen hatten, schmeckte Luz saure Galle auf der Zunge. Und dennoch ...

»Du kannst ihn nicht umbringen, Bella!«

»Nicht doch! Ich besuche ihn nur, um sicherzugehen, dass die Heiler genug zu tun haben.«

Luz presste die Hände vor den Mund. Schielte zu den fröhlichen Gästen, betete, dass niemand dieses Zwiegespräch mitbekam. Wenn jemand davon erfuhr ...

»Er hat's verdient«, wisperte Bella hitzig, doch als sie ihre zarten Ranken und die langen Finger nach Luz' Handgelenk ausstreckte, war ihre Berührung zaghaft. »Und du hast es verdient, glücklich zu sein. Wir beide.«

Luz senkte den Kopf. Sie wollte nicht fortgehen, nicht zurücklassen, was sie aufgebaut hatten. Vielleicht hatte sie ihre Wurzeln zu tief im Hinterhof vergraben, um sie nun auszureißen.

Und er *hatte* es verdient! Er verdiente drei Jahre mit all dem Blut, Angsttau und Tränen, die er ihnen aufgedrückt hatte!

»Okay«, flüsterte sie und verschränkte ihre Finger mit Bellas. »Aber lass dich nicht erwischen. Niemals, hörst du?«

»Bin gleich bei Ihnen«, rief Luz, als kurz vor Feierabend neue Kundschaft den Laden betrat. Flink stapelte sie angeschrammte Cappuccino-Tassen auf ihr Tablett, während die Walküren vom Ordnungsamt auf dem Weg nach draußen erneut Bellas Himbeerkuchen lobten. Glücklich las Luz das Trinkgeld auf.

Bald reichen die Einnahmen für hübsche Tassen!

Als sie zur Theke zurückkehrte, um die neue Kundin zu begrüßen, blieben ihr die Worte im Hals stecken. Es war die Hexen-Reporterin von dem Bissnachts-Auftrag. Schon wieder. Sie kam zu oft her, stellte zu viele Fragen (vor allem nach dem Boss), und jedes Mal, wenn Luz sie sah, ziepte die Narbe an ihrem Hals.

»Guten Abend, Miss Bran«, krächzte Luz. »Kriegen Sie einen Espresso, wie immer?«

Wenig später nippte Moira Bran an ihrer winzigen Tasse, schloss genussvoll die Augen und leckte sich die Crema von den schmalen Lippen. »Der beste Kaffee der Sub Side, wirklich. Ihr Boss hätte einfach mit Ihnen zusammenarbeiten sollen, statt Sie auszubeuten.« Sie sah Luz direkt in die Augen. »Aber die Sache ist ja jetzt gegessen, wo er das Krankenhaus nicht mehr verlassen kann, nicht wahr?«

Luz erstarrte. Niemand wusste, dass der Boss seit sechs Monaten Dauergast im Hekate-Hospital war, oder dass Bella seinen Aufenthalt dort regelmäßig verlängerte! Wenn jemand nach ihm fragte, erzählten sie etwas über Termine, Konferenzen, Unpässlichkeit. Woher wusste die Hexe …

»Sie bereuen es wirklich kein bisschen, mh?« Miss Bran musterte Luz, als suche sie etwas in ihrem Gesicht. »Ich kann's Ihnen nicht verübeln, nach all dem Mist, den er mit Ihnen abgezogen hat.«

Nein!

Mit einem panischen Blätterrascheln rief Luz Bella aus der Küche. »Ich weiß nicht, wovon Sie reden!«, sagte sie auf Englisch. Ihre Stimme bebte.

»Aber natürlich wissen Sie das.« Miss Bran steckte sich eine Zigarette an. Am liebsten hätte Luz ihr den stinkenden Glimmstängel ins Auge gerammt.

Alarmiert eilte Bella aus der Küche. Ihre Pupillen waren fast so groß wie ihre Iris, in ihrem Haar glänzten pralle Tollkirschen, so reif und giftig wie in der Nacht, als sie den Boss geküsst hatte.

Was weiß sie?, fragte sie in ihrer Muttersprache – ein leises Knarzen im Raum.

Alles, scheinbar.

Schließ den Laden ab! Ich kümmere mich um sie.

Bella, nein! Wir vergiften nicht noch jemanden!

Soll sie uns etwa alles kaputtmachen? Sie darf es nicht verraten!

Bellas Augen funkelten wild. Auf Englisch fuhr sie die Hexe an: »Also doch eine Story über die Dryaden aus der Gosse, ja? Oder noch besser: Über die *mörderischen* Dryaden aus der Gosse? Ein Knüller!«

Mit großen Augen nahm Miss Bran einen weiteren Schluck Espresso. »Sie reden ja, als hätten Sie ihn persönlich auf dem Gewissen, Miss Nour.«

Luz' Herz setzte für einen Moment aus. Auf dem Gewissen? War der Boss endgültig an Bellas Gift krepiert? Hatten sie ihn wirklich umgebracht? Und wenn die Hexe es wusste ... Scheiße, sie waren geliefert!

»Haben Sie's denn wirklich nicht mitbekommen?«, fragte Miss Bran, nun ehrlich erstaunt, und zog eine Ausgabe der *Paranormal Gazette* aus ihrer Handtasche.

Atemlos beugten sich Luz und Bella über den Artikel, auf den die Hexe tippte.

KONTROLLVERLUST IM KRANKENHAUS: ERNST FLEISCHHACKER IN HAFT

Bei einem Termin im Hekate-Hospital verlor der prominente Untote Ernst Fleischhacker die Kontrolle über seinen Jagdtrieb. Dabei verletzte er fünf Personen. Krankenpflegerin Carrie Jones und Patient Ted Figg, Besitzer von Figg's Catering in der Sub Side, erlagen ihren Verletzungen. Ursache für den plötzlichen Kontrollverlust ist, laut Fleischhackers Anwalt, ein fehlgeschlagener Versuch der Blutabstinenz.

»Der Boss ist tot?«, flüsterte Luz ungläubig. Sie fühlte ... nichts. Nur maßlose Erleichterung, dass Bella keine Schuld an seinem Tod traf. Aber sie beide waren schuld, dass er überhaupt noch im Krankenhaus gelegen hatte – und ein ungutes Bauchgefühl sagte ihr, dass die Hexe es ebenfalls wusste.

Was machen wir jetzt, Bella?

»Eigentlich will ich Ihnen nur gratulieren«, sagte Miss Bran und drückte ihre Zigarette aus. »Und Sie um ein Interview bitten. Ihr Boss hat keine Angehörigen, also sind Sie wohl die neuen Besitzerinnen des Ladens. Ich arbeite an einem Artikel über Dryaden in New York, und neben all den Leidensgeschichten hätte ich auch gern Ihre Erfolgsstory mit drin.«

»Erfolgsstory?«, fragte Bella matt.

In diesem Moment öffnete sich die Tür erneut. Miss Brans blonde Vampirfreundin begrüßte die Hexe mit einem Kuss auf den Mund und beglückwünschte Luz und Bella ihrerseits. »Und?«, strahlte sie in die Runde, »wie heißt der Laden jetzt? Ohne Figg gibt's kein Figg's Catering, oder?«

Auch Miss Bran schaute sie neugierig an – und zwinkerte.

Sie wussten es! Aus irgendeinem Grund wussten die Hexe und ihre Freundin, was sie getan hatten – und verloren kein Wort darüber! Ein vorsichtiger Funken Hoffnung regte sich in Luz' Brust. Sollten sie wirklich heil aus dieser Sache herauskommen? Nach alledem?

»Ich ... ich fände ›Licht & Nachtschatten‹ ganz passend«, sagte Bella, deren Augen ungewöhnlich feucht glänzten, und klang dabei fast schüchtern.

Schmunzelnd notierte Miss Bran den Namen. »Dabei haben Sie sicher für Ihr Leben genug Schatten gesehen, nicht?«

Während sie das Interview begann, sog Luz den Duft der Kaffeebohnen ein und erlaubte sich, hinter dem Tresen Wurzeln zu schlagen.

Vielleicht musste sie sie dieses Mal nicht wieder ausreißen.

Katharina Bode

Kaffeemannsgarn

Ein Abenteuer aus dem Erasmus Emmerich-Universum

Der fehlgeleitete Schrumpfstrahl prallte von Großmutter Bismarcks garstiger Glasvase ab, zischte als goldgelber Blitz auf mich zu und verkleinerte mich nicht nur binnen einer Sekunde in meine eigene Miniatur, nein, er katapultierte mich auch noch hoch in die Lüfte der Wohnraumwunderwerkelstube meines Erfinderfreundes Erasmus Emmerich.

Wenn meine zinnoberrote Nase sich nicht täuschte, ließ sich zeitgleich der schwere Duft von Rum auf meiner Zinnsoldatenuniform nieder. Allerdings blieb mir kaum Zeit, darüber nachzusinnen, denn da änderte sich meine Flugrichtung bereits. Statt steil auf die Stubendecke zu ging es nun mit mir bergab.

Kurz – nein, kürzer, am kürzesten – wie meine Arme nunmehr waren, bekam ich auf meiner Flugbahn keinen Gegenstand zu fassen, durch den ich meinen folgenschweren Fall hätte abfangen können.

Doch ich – gestandener sowie nun auch geflogener Zinnmann – ruhte heroisch in mir selbst. Kein Tönchen oder noch so heiserer Laut entfloh den gespitzten Pforten, die da hüten meiner scharfen Zunge Worte.

Ach, Schande, ich gebe es ja schon zu. Ich schrie. Aber nur ein wenig wie am Spieß. Und fluchte! Schon etwas mehr. Ich schimpfte und verunglimpfte die Welt um mich her. Gebührlich für einen Dichter, worauf ich stolz bin, bitte sehr!

Doch allein, es half nichts.

Ich stürzte fortwährend abwärts, auf direktem Wege in eine der an Orgelpfeifen erinnernden Röhren von Emmerichs Teufelsapparatur, seiner sogenannten Kaffeemaschine.

»Nanu? Wo ist er denn hin?«, vernahm ich noch den Wohlklang seiner Stimme, als mein Sehvermögen bereits rohrdunkle Finsternis umfing. Mein eigener Schrei hallte um mich herum wider und wider, wirbelte in Windungen und streifte meine Glieder. Schon erahnte ich das Klatschen meines Aufschlags auf der wogenden Wasser-, nein, *Kaffee*oberfläche, bevor eine Welle der braungebrannten Brühe über mich hinwegbranden würde. Just im freien Fall fiel mir ein, dass ich nicht wusste, wie es um meine Schwimmfähigkeit beschieden war. Nun, ich würde es herausfinden. Unmittelbar.

～ ✳ ～

Das Gefühl von Kaffee auf meiner Haut hatte ich mir wesentlich weicher vorgestellt, wärmer – und vor allem: nasser. Auch das erwartete Platschen blieb aus. Stattdessen folgte ein harter Rumms! Zum Glück hatte das halbe Tee-Ei, das ich samt Federschmuck stets als Helm trug, meinen Kopf vor dem Aufschlag bewahrt.

So lag ich nun da und tastete meine Körperschaft auf Bruchstellen ab, doch äußerlich schien ich heil geblieben zu sein.

Ein flackerndes Licht hing in der Dunkelheit. Durch den finsteren Korridor schwebte es mir entgegen. Oh, Schreck! War ich tot?

Ehe ich der Auswirkung dieses Umstands auf mein weiteres Ableben nachgehen konnte, hatte das Licht mich bereits erreicht, und eine Art scharfkantiges Bein traf auf meinen Zinnleib.

»Aye, wen haben wir denn da?«, schallte mir eine schroffe Stimme entgegen. Ein schmatzender Platschlaut folgte. Der Sprecher musste neben mir ausgespuckt haben. Prompt leuchtete dort etwas auf.

»Bin ich tot?«, wiederholte ich laut.

»Noch nicht, aber das haben wir gleich«, antwortete dieselbe Stimme. Pflatsch! Dieses Mal ging die Ladung Speichel noch knapper daneben.

»Na, na, na, was hör' ich da? Nicht so schnell mit den Kaffeepferdchen, wir bringen keinen unter's Erdchen!«, mischte sich ein zweiter

Sprecher ein und näherte sich mit einem weiteren Licht. Aber nein, dieser Sprecher war selber der Schein. Sein ganzer Körper schien erleuchtet zu sein.

»Verzeih'n Sie seinen rauen Ton, ist so Sitte, wo wir wohn'!«

»Oh, eine verwandte Dichterseele!«, entfuhr es mir und sogleich wurde mir leichter ums Herz. Was vielleicht auch daran lag, dass der Spucker sein Bein von mir herunter nahm.

»Mit dir spricht Kapitän Irrlicht. Und er, der trotzet jedem Sturm, ist unser Steuermann Leuchtturm – auch wenn er nicht der Hellste ist, was man aber oft vergisst.«

Der Kapitän schlug sich auf die Schenkel, soweit das in dem blendenden Licht zu erkennen war. »Er leuchtet nämlich nicht, nanu, als einziger von uns, weißt du?«

»Hocherfreut«, weiter kam ich nicht.

»Unsern Smutje, Kaff-Fee, zeig ich dir gleich noch, wenn ich ihn seh'. Der braut uns grad 'nen frischen Guss. Wie trinkst du ihn? Schwarz und mit Schuss?« Wieder schlug sich der Kapitän auf die leuchtenden Schenkel, lachte schallend und befahl: »Leuchtturm, geh mal backbord schöpfen, sonst rührt Kaff-Fee in leeren Töpfen.«

»Aye, Käpt'n.« Leuchtturm entfernte sich unter knarzenden Klonkerklängen.

Der Kapitän tippte sich an die Wade und deutete mit dem Kopf auf seinen Steuermann. »Er hat 'ne Zimtstange als Bein, schon seit er ist gewesen klein.« Unterdessen wuchs der Radius seines Lichtscheins, sodass ich mehr von meiner Umgebung zu erkennen vermochte. So wurde ich auch gewahr, was der Steuermann in Händen hielt. Ein anderer als ein erfahrener Dichter wie ich wäre kaum in der Lage gewesen, es in poetische Worte zu kleiden. Doch mir gelang es meisterhaft, den passenden Ausdruck dafür zu finden: ein … Klumpen, aus dem leuchtende Tentakel ragten. Leider entging mir auch nicht, dass Leuchtturm sich Fetzen davon abklaubte und zwischen den Zähnen knirschend zerkaute.

»Schokoalgen sind das. Sie leuchten hell, aber schmecken nach

Gras«, bemerkte der Kapitän. Sein Strahlen reichte mittlerweile bis knapp über die blankpolierte Reling hinaus, und ich sah, dass das Oberdeck vielerorts vom Resultat aus Leuchtturms Mund gesprenkelt war. Zumindest konnte kein Zweifel mehr an meinem Aufenthaltsort bestehen. Mein schmachvolles Schicksal hatte mich auf ein Segelschiff verschlagen. Womöglich war ich auf dem winzigsten der Welt gelandet, aber in meiner aktuellen Lage erschien es imposant. Still ruhte es auf der braunen See, pardon, dem Kaffee, der es ringsherum umgab. Das Großsegel am einzigen Mast glänzte wie Perlmutt. Tatsächlich war es aus Milchtau gewoben. Gewonnen durch hauchzarte Spinnennetze, an denen die Schaumkronen des Milchstroms kondensieren konnten, wie mir der Smutje später verriet. In der gleichen Art hatte die Schiffsbesatzung ihre Kleidung gefertigt. Allerdings färbte sie diese in Kaffeerückständen gelblichbraun, während das Segel im reinen Crémeton des Milchtaus erstrahlte.

Backbord ließ Leuchtturm derweil eine gusseiserne Kanne zu Kaffee und meine Kinnlade sank gleich mit hinab.

»Was genau seid ihr, und was macht ihr hier unten eigentlich?«, gelang es mir, meinem Staunen zum Trotz mich an den Kapitän zu wenden.

»Kaffeefischer sind wir! Was wir tun? Wir warten hier. Auf dass sich der Kaffeespiegel hebe und unsere Reise neu belebe. Wir sind zum Glück nicht am ersaufen, doch immerhin auf Satz gelaufen.«

»Seit wann kann man auf Sätzen laufen?«

»Na, du gefällst mir, kleiner Mann. Um Kaffeesatz geht's, schau's dir ruhig an. Geh einfach dort drüben hin, wo die Barista steckt tief drin.« Er deutete zum Bug des Schiffs und kraulte ihren Mast. »Da könn' wir nur zu *Kaffee* beten, dass bald hier frische Brisen wehten. Wenn Röstaroma füllt die Luft, so kündet uns besagter Duft, dass der Spiegel wieder steigt, sich Schiffchen in die Wellen neigt. So stechen wir denn in Kaffee! Nanu, so blass, was tut dir weh?«

»Ihr betet euren Smutje an?«

»Nee! *Kaffee* ist die große Göttin vom rauen Kaffee, auf dem wir reisen, aus dem wir speisen. *Kaff-Fee* ist stattdessen vom Kaffeekochen echt besessen. Sie ist süchtig nach dem Zeug gewesen, kam aus Kaff Bohnenstrand, um an Bord zu genesen.«

»Und dann trinkt ihr trotzdem weiter?«

»Niemals pur! Gefiltert nur. Das Tollwutin entziehen wir, das macht sonst alle ganz schön irr. Komm einfach mit, ich zeig es dir, wir suchen uns ein Kaffeetier!«

Damit stakste er zur Reling. Ich wandelte in seinem Licht hinterher und stellte dort angekommen fest, dass meine Nase gerade so über die Bordwand reichte. Ich stellte mich auf die Zehenspitzen und umfasste das klamme Holz mit beiden Händen.

Bei meiner Nase fiel mir ein, dass ich im Redeschwall des Kapitäns nicht dazu gekommen war, mich vorzustellen, geschweige denn, ein Anliegen vorzutragen.

Nun schien die Gelegenheit günstig zu sein. Der Blick des Irrlichts war vom unbeweglichen Kaffee zur Decke des Maschinenbauchs gewandert oder wenigstens in die Richtung, in der ich jenen vermuten mochte. Denn die scheue Schale hüllte sich in Dunkelheit. Genau wie der Blick des Kapitäns, in den violette Schlieren wie von Sehnsucht getreten zu sein schienen.

Da von einem Kaffeetier nichts zu sehen war, räusperte ich mich. »Wollt ihr gar nicht wissen, wer *ich* bin?«

Das Irrlicht drehte seine Strahlkraft herunter, bevor es sich mir zuwandte. Ein Lächeln breitete sich über seine Züge aus und erhellte sie gleich wieder stärker. »Das liegt doch auf der Hand, die Antwort war sofort bekannt. Du bist vom Himmel gefallen, nein?«

Vom Himmel? Ich nickte. Aus seiner Sicht traf das zu.

»Somit kannst du nur ein Geschenk der Göttin sein.«

»Was für eine Göttin denn?« »Sieh nur die tiefe Schwärze an, weit, dass kein Licht sie je erhellen kann. Dass ich selber strahlte bis ins All, so viel Glück war nie mein Fall.«

Kurz trübte Traurigkeit sein Licht, wallte aber mit den nächsten Worten wieder auf.

»Doch manchmal wage ich zu träumen, und seh' ein Glimmen sich aufbäumen. Nur ein kurzer Widerschein, wie ein Flackern, doch ganz mein. Dann hör ich eine Stimme zanken, ja, die Stimme einer Frau, ihrer Worte Wurzeln ranken, bis hier zu mir herab genau. Daher weiß ich tief im Herzen, unter aller Seelenschmerzen, dass es – wie's Kaffee beliebt – meine Göttin wirklich gibt.«

»Klingt mir eher nach Marie, und er scheint in sie verliebt«, ergänzte ich bei mir und konnte mein Kieksen kaum unterdrücken.

Lauter hob ich zu einer anderen Antwort an, als die Planken begannen unter mir zu schwanken. Das gesamte Schiff schien knarzend in Bewegung zu geraten. »Aua!« Schon purzelte ich über das Deck, »Au, au, au!«, mich das ein ums andere Mal überschlagend.

Dröhnender Lärm gab seinen Senf dazu. Erst erklang ein Mahlen wie von Riesenzähnen, gefolgt von anhaltendem Rauschen.

»Das issa, das issa! Der Mahlstrom setzt ein! Leuchtturm, hol schön die Kanne rein! Lichte den Löffel! Es geht los!«, brüllte der Kapitän. »Wir stechen in Kaffee! Wo steckt Kaff-Fee bloß?«

Ich rüttelte mich vom Boden auf, nur um eine rostbraune Flutwelle auf uns zubranden zu sehen. Die Löffelkette rasselte und die crémefarbenen Segel blähten sich gleich meinen Nasenflügeln. Der Duft von Emmerichs beißender Rosenröstmischung lag unverkennbar in der Luft. Ich seufzte, als es einen gewaltigen Ruck gab und das Schiff an Fahrt aufnahm. Wieder konnte ich nur noch schreien: »Ich mag nicht fort, ich muss zurück nach Hause! Lasst mich von Bord!«

Doch niemand schien mich hören zu wollen. Um uns herum tobte der Kaffee, schlug gegen das Heck der treuen Barista, und spülte sie nur tiefer in den Kessel hinein. Ich sank herab auf die Knie. Meine Helmfeder zitterte. »Oh, Marie!«

~ ❋ ~

»Das interessiert mich nicht die Bohne, Erasmus!« In der Wohn-raumwunderwerkelstube stampfte Marie mit dem Fuß auf, dass die Kaffeemaschine wankte. Aus den Haaren der Qualmfee stiegen dichte Rauchschwaden zur Decke.

»Aber ...«

»Ich will nichts hören! Sie haben hier bereits jeden Millimeter mit Leachs launischer Lupe abgesucht und ihn trotzdem nicht gefunden.«

»Marie!«

Sie schritt vor Erasmus auf und ab und hob die Hand zur Abwehr. »Dieses Mal nicht! Ich sage Ihnen, er ist in die Kaffeeapparatur gefallen und da gibt es nur eines, das wir noch tun können. Wir müssen da rein!« Mit diesen Worten löste sich die graue Qualmfee vollends in einen Hauch von Rauch auf.

»Es geht aber ...«

»Dies ist nicht die Zeit zu diskutieren, jetzt ist die Zeit zu handeln! Und Erasmus, sehen Sie mal lieber zügig zu, etwas zu erfinden, um Zinbi dann wieder auf seine normale Winzigkeit zu strecken«, tönte Maries Stimme aus der Dampfschwade, während sie als solche schon durch den Rohrschacht in die Maschine strömte.

»... auch anders«, vollendete Emmerich den Satz, der schon unge-duldig in der Luft gezappelt hatte. Seufzend ließ er die Lupe sinken.

~ ❋ ~

Als die Wogen sich ringsumher glätteten, schob sich ein Tablett voller Tassen in mein Blickfeld. Der Geruch heißen Kaffees stieg dampfend in meine Nase.

»Da, hilft gegen Heimweh! Ich bin Kaff-Fee.«

»Oh, sprichst du auch nur in Reimen?«, fragte ich das geflügelte Feenwesen, das mir das Tablett hinhielt und dessen gesamter fellbe-deckter Körper von grünleuchtenden Algen durchsetzt zu sein schien.

»Nö, nö, dass is' 'ne Langzeitnebenwirkung beim Käpt'n. Der ist als Kind in den Kaffee gefall'n«.

Ich blickte forschend in Kaff-Fees pelziges Gesicht, suchte nach dem Hinweis auf einen Witz, fand aber keinen.

»Ich scherz' nich', scherze nie«, erwiderte der prompt.

»Telepathie?«

»Wieder falsch, nennt sich Empathie, du Genie, sons' würd' ich deinen Namen kenn'.«

»Verzeihung! Zinoberius, hocherfreut, das letzte Mannschaftsmitglied kennenzulernen.«

»Das is' aber kein Kaffeemannsname.« Das algenbewohnte Pelzfeenwesen musterte mich von oben bis unten, ohne sein Tablett abzustellen. »Ich hab's. Du komms' ja vom Himmel: Zinbi Sternenstaub.«

Ich kam nicht umhin, zuzugestehen, dass mir die Brust bei dieser Titelei ein wenig schwoll und ich beschloss, sofort den Namen für meine Dichtkunst anzunehmen.

»Nur ... so lange hier bleiben wollte ich eigentlich nicht«, gestand ich ein.

»Das woll'n wir alle nich', aber es gibt halt kein' Weg hier raus. Zwischen Mahlstrom und dem Strudel ohne Wiederkehr fischen wir nachtein, nachtaus.«

»Habt ihr denn jemals was gefangen?«

»Noch nie. Meistens fischen wir im Trüben und leben von Kaffee und Bohnensuppe.«

Als der Smutje sich auf den Weg zum Käpt'n begab, rammte etwas den Bug des Schiffs. »Wie du merkst, birgt das Leben auf Kaffee vielerlei Gefahren«, erklärte er in seinem gleichgültigen Tonfall über die Schulter hinweg, ohne auch nur zu schwappen.

Eine weitere Erschütterung warf das Schiff beinahe herum. Klonk. Leuchtturm humpelte mit voller Kanne auf seiner Zimtstange heran. »Sind nur Glitsche. Die Kaffeebewohner sind alle irre. Kein Wunder, voll von Tollwutin. Jetzt weißt du, warum wir das filtern.« Er zwinkerte mir zu.

Ich nahm meinen Mut zusammen und klammerte mich an die Reling. Der Kaffee brodelte und schäumte. Es schienen sich dutzende Wesen darin zu tummeln.

»Gleich springen sie«, erklärte Leuchtturm hinter mir. Kaum waren seine Worte verhallt, schon teilte sich der Kaffee und heraus stoben geflügelte Würmer. Sie ringelten und wanden sich und segelten durch die Luft, dass die Kaffeetropfen zu allen Seiten flogen. Es glitzerte um das gesamte Schiff herum. Sie tollten umher fast wie ein buntes Feuerwerk. Einer schoss so dicht am Schiff empor, dass er mich nur um eine Nasenspitze verpasste. Sofort stolperte ich einen Schritt zurück, wo mich grollendes Gelächter empfing. »Das ist nur zahnloses Gewürm. Sorgen machen kannst du dir, wenn der Schrecken des gesamten Kaffees anrückt.« Er verzog sein Gesicht zu einer runzeligen Grimasse. »Ein Wesen mit langem Maul und zimtstängelscharfen Zähnen.« Er klatschte in die Hände und ich erschrak. Wieder ertönte Leuchtturms tiefes Donnerlachen. »Der große Weiße ist wahnsinnig, ja geradezu ausgeflippt! Er springt am höchsten von allen, schraubt Pirouetten ans Firmament und verschluckt die Unaufmerksamen. Der Sog des Strudels macht ihm nichts aus. Ja, man munkelt, er schwimmt sogar ...«, Leuchtturm senkte seine Stimme zu einem Raunen »... gegen den Strom.«

Ein Grinsen entblößte seine Zähne. Das gesamte Gebiss schimmerte bräunlich, von der Leuchtkraft der Algen verfärbt.

Auch wenn mir die Vorstellung von einem fliegenden Maul fast noch weniger behagte als dieser Anblick, reifte in mir eine Idee. Ob es wohl möglich war, den großen Weißen einzufangen? Vielleicht vermochte er hoch genug zu springen, um die Rückröhre erreichen zu können.

»Ich werde ihn stellen. Und dann auf seinem Rücken gen Freiheit reiten«, verkündete ich der Crew.

Die Flügelwürmer um mich herum fielen vor Schreck aus der Luft. Irrlicht erblasste und selbst Leuchtturms Gelächter verebbte.

Smutje Kaff-Fee fing sich als Erster. »Du sprichs' vom großen Weißen? Du wills' Flipper fang'?«

»Flipper heißt er?«

Die drei nickten synchron.

»Flipper, na dann!« Ich legte eine Hand an die Brust. »Wenn ich gelobe, euch von dieser Kaffeekreatur zu befreien, sodass ihr in Ruhe fischen könnt, schifft ihr mich dorthin, wo ihr mich aufgelesen habt, damit ich zurück nach Hause kann?«

Leuchtturm spuckte aus. »Wenn du das fertigbringst, klemm ich mich an die Zuckerzangen und rudere dich notfalls eigenhändig zurück.«

»Willst du Flipper wirklich fangen, soll niemand um sein Leben bangen. Gib fortan also stets gut Acht, ansonsten sag ich: abgemacht!« Kapitän Irrlicht blinkte förmlich, als er mir seine leuchtende Hand entgegenstreckte und ich erneut einschlug.

Kaff-Fee wiegte den Kopf im Takt der Wellen hin und her. »Dann such'n wir am besten nah des Strudels ohne Wiederkehr, das is' sein Lieblingsrevier.«

Der Kapitän nickte, gab Leuchtturm ein Zeichen, den Kurs zu korrigieren und führte mich an der Schulter an einer Doppeltür vorbei, durch die es zur Kombüse gehen musste. Nachdem wir eine schmale Treppe hinauf aufs Achterdeck gestiegen waren, fanden wir säuberlich aufgerollte Taue vor.

»Pass auf, du knüpfst eine Leine mit Knoten und an einem Ende die Schlinge, zu schludern ist hier verboten, damit uns der Fang auch gelinge.«

Während Irrlicht so sprach, flitzten seine Finger flink den Strick entlang, legten ihn mal hier, mal dort übereinander, formten Schlaufen und zogen sie fest, bis jeder Knoten saß. Anschließend löste er sie wieder.

»Jetzt du«, bot er mir das Seil dar. »Das lernst du im Nu!«

Ich betastete die rauen Fasern des Taus und versuchte, mir die gezeigten Bewegungen des Kapitäns Schritt für Schritt in Erinnerung zu rufen. Als ich auf den Bauch gerollt zu üben begann, sah Irrlicht mich – buchstäblich – strahlend an.

Wir mussten eine ganze Weile ruhig dahingeschaukelt sein, das Kaffeeplätschern nicht mehr als ein Hintergrundgeräusch, als bunte Tupfer begannen, das Deck zu sprenkeln. Ich drehte mich auf den Rücken und erstarrte. Die ganze Kesseldecke über mir hing voll von tanzenden Lichtern, die heiser surrten. Ich fürchte, mein Mund klappte wieder auf, blieb aber um Worte verlegen.

Das ächzende Holz verriet sich nähernde Schritte. Kurz darauf trat Kaff-Fee neben mich. Sein pelziges Moosgesicht sah auf mich herab, dann legte er seinen Kopf in den Nacken, um meinem Blick zu folgen.

»Ach so, du has' bloß Starbugs entdeckt.«

Meine Brauen wanderten Richtung Scheitelansatz.

»Phosphoreszierende Kaffeekäfer«, erläuterte er. »Das Endstadium der Mokkalarven. Wenn se ausgewachs'n sind, steigen se hoch ans Firmament. Sind Instantfunzeln, die halten nie lang und fall'n dann zurück ins Geburtselement.«

Und tatsächlich, vereinzelte Lichter begannen zu flackern und stürzten im nächsten Wimpernschlag Sternschnuppen gleich mit erlöschendem Schweif herab.

»Wie ergreifend«, entfuhr es meiner bebenden Stimme.

Doch der Smutje zuckte die Achseln. »Na, ja. Ich heul' doch nich', heule nie.«

»Scherzt nie, heult nie, fängt nie was, das klingt jetzt nicht so recht nach Spaß.« Ich nahm die Knoten wieder auf und dachte nach. »Euer Wissen aber reicht so weit, ob ihr statt Kaffeefischern eher Forscher seid?«

Daraufhin blieb Kaff-Fee stumm. Als ich fast glaubte, er habe sich davon gemacht, schüttelte er seinen Kopf, als sei er aus einer Trance erwacht. »Könnt' schon sein, könnte sein. Wer außer uns Entdeckern weiß schließlich schon, dass die Welt eine Schüssel ist?«

»Ein Kessel, das heißt eine Kugel eigentlich«, widersprach ich mit hochgezogener Braue.

»Du könntest Recht haben.«

»Habe ich auch«, bestätigte ich. Doch da hörte er mir schon gar nicht mehr zu. »Eine Kugel also, hm, und wir leben in ihrem Inneren …«, grunzte er und überließ mich meinen Knoten, während der Kaffee die Seiten der Barista tätschelte und mich darüber in Tagträume wiegte.

Leuchtturms Brüllen zerrte mich je aus der Entrückung. »Flipper gesichtet! Achtung, hart an Steuerbord!«

»Zinbi Sternstaub, steh' schon auf! Deine Beute rammt uns gleich«, rief Kaff-Fee dazwischen.

Mit einem Schlag war ich auf den Beinen, griff nach meinen zwei Seilen, raste die Treppe von Achtern herab und direkt auf den Hauptmast zu. Ich schlang die Taue um ihn herum und wollte gerade mit den Schlingenenden zur Reling steuerbords, da riss die Kaffeeoberfläche gleich einer Fontäne auf. Ein weißer Schatten, gigantisch groß, legte sich über das Schiff, von unten durch Irrlicht angestrahlt, und verschwand einen Sekundenbruchteil darauf unter gewaltigem Platschen backbords wieder in den Fluten.

Die ganze Mannschaft war auf mich zugeeilt und rannte nun von einer Seite zur anderen über Deck, um herauszufinden, wo der Kaffeeriese wieder auftauchen würde.

Auch die Barista hielt nicht länger still. Sie hüpfte in den Wellen des in Aufruhr geratenen Kaffees auf und ab.

»Mach dich mal zum Wurf bereit, gleich ist der nächste Sprung soweit!« Der Kapitän bündelte sein Licht wie ein Suchscheinwerfer. Leuchtend gelb wanderte es über den schäumenden Kaffee. Dann deutete er mit einem Fingerstrahl auf eine Stelle nicht weit voraus. Ich stellte mir vor, ein Cowboy mit Lasso zu sein, um trotz des schaukelnden Schiffs festen Stand zu gewinnen. Stattdessen wurde mir allmählich flau.

Hatte Flipper bei unserer ersten flüchtigen Begegnung wie eine überdimensionierte Albino-Kaffeebohne auf mich gewirkt, stach mir bei seinem zweiten Auftauchen das Großmaul ins Auge. Vielleicht weil es direkt auf uns zukam. Ich schluckte, ließ die Schlingen rotieren und warf. Durch mehr Glück als Verstand fand eine ihr Ziel, und ich ließ los. Flipper ruckte herum. Die Schlinge zog sich um seine Rückenflosse fest, die andere hing schlaff über Bord und ich begann sofort sie einzuholen.

Da tauchte der weiße Riese ab und zog, dass sich unter dem Gewicht japsend der Mast bog. Das Schiff neigte sich zur Seite und schleuderte herum.

»Er zieht uns direkt zum Strudel!«, rief Leuchtturm und spuckte eine Ladung Algen aus.

Tatsächlich gewann ein Gluckern und Brausen an Lautstärke, während wir in voller Fahrt hinter Flipper hersausten.

Der Steuermann humpelte zur Pinne und versuchte sich dagegen zu stemmen. »Er reißt das ganze Boot mit in den Sog!«

In dem Moment tauchte Flipper wieder auf. Das war meine letzte Chance. Dann musste ich ihn eben ohne die Hilfe des Schiffes fangen. Ich holte aus und warf und traf.

»Leinen los! Leinen los, sag ich, die Barista schafft's sonst nich'!«, wies der Kapitän die Mannschaft an, und Kaff-Fee eilte zum Mast, um die Knoten zu lösen.

Ich sah die Taue sich vom Mast winden, da peitschten sie schon auf mich zu. An einem hing ich noch mit der rechten Hand. Schnell ergriff ich es auch mit der anderen. Die Augen des Smutjes weiteten sich und er versuchte noch ein loses Ende zu packen, doch es rutschte ihm durch die Finger. »Lass los, Stern'staub!«, hörte ich, als es mich von den Füßen riss. Die Reling streifte meine Flanke, dann ging ich praktisch über die Planke. Gischt spritzte mir entgegen und ich tauchte unter. Dunkel und nass. Meine Finger verkrampften sich, und ich versuchte mich am Tau hochzuziehen, irgendwie wieder den Kopf über die Oberfläche zu kriegen. Offenbar wollte Flipper das auch und wir stießen durch den Kaffee empor.

Sofort drangen Schreie an mein Ohr.

»Zinnmann über Bord! Zinnmann über Bord! Werft die Rettungstasse und mein Zimtbein als Ruder!«

»Es is' zu spät!«

Die Schreie verhallten.

Kaff-Fee hatte Recht. Ich war mittlerweile in der Leine gefangen und trieb direkt auf das Zentrum des Strudels zu.

»Ich glaub, ich übergeb' mich gleich, ich übergeb' mich inhaltsreich.« Während der Kapitän mein Schicksal offenbar kaum mitansehen konnte, blitzte in mir ein Funke Hoffnung auf und ich begann selber in Richtung Sog zu paddeln. Ich durfte nicht vergessen, wo ich hier wirklich war. Ein Strudel ohne Wiederkehr in einer Kaffeemaschine konnte mich vielleicht direkt zum Ausgang bringen.

Kurz bevor ich im Auge des Strudels verschwand, sah ich Kaff-Fee seinem Käpt'n die Schulter tätscheln und irritiert blinzeln, als eine Träne von seiner Wange auf die Reling fiel und dort zersprang. »Aber ich weine nich', wein' doch nie?!«, rief er mir hinterher.

Irrlicht hüllte daraufhin mit bebenden Schultern sein Licht um ihn.

Leuchtturm hingegen reckte mit braun leuchtendem Grinsen die Faust in die Luft.

Da ruckte es an der Leine und wieder verschluckte mich der Kaffee, nur um mich direkt wieder auszuspucken. Als ich auftauchte, traute ich meinen Augen kaum. Flipper hatte die Richtung gewechselt und beugte sich nicht mehr dem Sog. Die Crew hingegen war auf die Knie gesunken und schaute gebannt zum Himmel auf. »Oh, große Kaffeefee *Kaffee,* oh, große Kaffeefee *Kaffee*«, skandierte sie im Chor.

Da drang eine vertraute Stimme an mein Ohr, nur verstand ich ihre Worte kaum. »Ich werde schon nicht ertrinken«, antwortete ich ins Blaue, ehe ein neuerlicher Ruck mich endgültig hinab ins Braune zog.

»Nein, er, Erasmus wird dich ...«, versuchte die Qualmgestalt Maries zu präzisieren. »Ach, was soll's!«, zischte sie und tauchte ebenfalls in die Fluten ein.

Kaum unter Kaffee, konnte ich mich des Eindrucks nicht erwehren, in die Länge gestreckt zu werden. Na, das kam mir gerade gelegen. Dieser tolle Flipper schien mich nämlich gegen den Strom wieder aus dem Strudel hinausziehen zu wollen. Aber mit dem aufkeimenden Gefühl alter Größe meinte ich mich auch stärker zu fühlen. »Du kommst mit mir«, blubberte ich und riss mit letzter Kraft das Ungetüm mit ins Auge des Sogs hinab.

～ ✳ ～

Marie stob als Dampfschwade aus der Kaffeeapparatur und materialisierte sich nur ein paar Schritte entfernt von uns, tropfnass von Haarschopf bis Fuß.

Zu meinem und augenscheinlich vor allem Maries Verblüffen hatte Emmerich es geschafft, sich in galante Positur zu werfen. Regelrecht lässig lehnte er an der Maschine, eine henkellose Tasse in beiden Händen. Ihrem Schweigen nach konnte Marie das kaum fassen. Sie runzelte die Stirn, als ihr Blick auf mich fiel.

In voller Größe saß ich auf dem Tassenrand und ließ die Beine baumeln. Währenddessen warf ich Flipper Kekskrümel zu, die ihn dazu veranlassten, sich in immer kühneren Sprüngen durch den abgebrochenen Henkel zu werfen. Schnatternd jagte er dem nächsten Krumen nach, als Erasmus tatsächlich Marie ansprach: »Haben Sie es mit Ihrem Abgang vielleicht etwas überstürzt?«

Maries Augen weiteten sich. Dann biss sie sich auf die Unterlippe und senkte den Blick auf ihre triefenden Stiefelspitzen. Plopp, plopp. Weiterer Kaffee tropfte aus ihren Haarsträhnen herab. Sie stieß halblaut ihren Atem aus und rieb sich über die Arme. »Womöglich. Dieses eine Mal«, murmelte sie kaum hörbar.

»Kaffeefee«, konnte ich mein Kichern nicht länger ersticken und musste mich sogleich unter einem düsteren Blickgeschoss hinweg ducken.

Emmerich löste sich von der Maschine, geriet kurz durch eine

Kaffeepfütze ins Schlittern, kam aber sofort wieder zum Stehen. Er stellte die Tasse ab und legte der Qualmfee eine Decke um die Schultern. »Hören Sie schon auf zu schmollen, Marie. Willkommen zurück und nun Marsch zum Kamin.«

Hinter ihrem Rücken applaudierte ich tonlos Emmerichs Galanterie.

Aus drei verschiedenen Ecken der Wohnraumwunderwerkelstube schepperte und knallte, rumpelte und klirrte es. »Ein Tau? Bei Bismarcks Barte, wo soll ich denn das hernehmen?«, fragte eine tiefe Stimme über all den Radau hinweg, während ihr Sprecher weitere Schränke durchforstete. Rums!

»Es kommt nicht immer auf die Größe an, in diesem Fall tut's wohl auch Garn«, antwortete meine deutlich hellere.

»Warum sagst du das nicht gleich? Hier!«

»Mehr Knoten!«

»Nicht so. Die müssen viel, viel kleiner sein«, versuchte ich den Sturköpfen beizubringen.

»Apropos, kleiner«, hakte Emmerich ein. »Eines interessiert mich doch. Warum bist du nach dem Fall nicht gleich an Ort und Stelle wieder aus der Maschine geklettert? Oder hast dich wenigstens bemerkbar gemacht. Bei normaler Größe hätten wir deine Stimme sicherlich vernommen. Die wolkenzarte Schicht aus Verkleinerumspartikeln ...«

»*Verkleinerung* wohl eher«, verbesserte Marie. »... oder hab ich etwa Unrecht? Schon wieder?« Sie schien die Luft anzuhalten, und Emmerich musterte sie. »Nein, nein, dieses Mal haben Sie Recht, Qualmfee.«

Marie stieß die angehaltene Luft aus. »Zwei Mal an einem Tag wäre auch unerträglich ge...«

»Damit Recht ...«, unterbrach der Erfinder sie, »..., dass Sie wiederum Unrecht haben. Sehr wohl *Rum,* Marie. Wer tut denn *Rung* auch in Kaffee?! Kann man das überhaupt trink...«

»Ach, deshalb haftete dieses Odeur mir an«, versuchte ich die Zankerei der beiden zu beenden.

Emmerich nickte sofort. »Genau, genau. Jedenfalls worauf ich hinauswollte, glaube ich, ist, dass sich die Verkleine*rum*spartikel...« An der Stelle pausierte er mit einem Seitenblick auf Marie. Die hielt jedoch nur die Arme verschränkt und warf ihren Kopf mit wippendem Schopf herum wie ein trotziges Pony. Verstohlen wandte sie ihn uns wieder zu, sobald Emmerich fortfuhr: »... beim Baden sogleich im Kaffee hätten lösen, ihre Wirkung also hätte nachlassen müssen. Was ja irgendwann tatsächlich auch geschah.«

»Nun ja«, räusperte ich mich. »Das könnte daran liegen, dass ich gar nicht erst im Kaffee gelandet bin. Zumindest nicht sofort.«

Ich sah von Marie zu Erasmus zurück zur Fee und konnte die Fragezeichen regelrecht in ihren Augen leuchten sehen. Daraufhin erhob ich mich, warf mich in die Brust und hob mit großer Geste an: »Es geschah wie folgt: Der fehlgeleitete Schrumpfstrahl prallte von Großmutter Bismarcks garstiger Glasvase ...

∼ ❋ ∽

Epilog: Freude schöner Feenfunken

Das Ende eines Taus klatschte Kapitän Irrlicht genau vor die Füße. Obwohl er auch den Luftzug vom Fall spürte wie einen Peitschenknall, traute er seinen Augen kaum und winkte Steuermann und Smutje herbei.

Alle drei richteten den Blick nach oben. Er wanderte höher und höher immer an dem Seil entlang, bis ihn die Finsternis verschlang.

»Oh, große *Kaffee,* Göttin hier, hör nur wie wir danken dir!«, raunte die Crew im Chor, bevor sie ihren Aufstieg begann. Kapitän Irrlicht leuchtete voran.

Sein Lichtkegel reichte so weit wie nie zuvor und vormals noch nie. Er erhellte das Unbekannte vor sich und für sie.

∿

Roxane Bicker

Wächterinnen

»Artemis, die Jägerin.« Kate bugsierte Arti aus dem Garten in ihr kleines Haus und platzierte sie am Küchentisch. »Wie kommen Sie zu dem Namen?«

»Meine Eltern haben ihn mir gegeben.« Arti blickte sich in der adretten, hellen Küche um. Dort hinten auf der Arbeitsplatte stand eine ganze Reihe Gläser mit Kürbiswürfeln. Die Gläser, die sie eigentlich erst hierher geführt hatten. Sie schüttelte den Kopf und blickte zu Kate hinüber. Sie sah ganz und gar nicht so aus, wie sich Arti immer eine Hexe vorgestellt hatte. Und dies sah auch nicht wie eine magische Küche aus.

Kate stellte sich auf die Zehenspitzen. Sie kramte im oberen Fach eines der Küchenschränke und murmelte vor sich hin: »Irgendwo hier muss doch ...«

Arti fuhr sich mit den Händen durchs Gesicht. »Können Sie mir die Sache mit dem Apfel der Erkenntnis nochmal erklären? Und das mit der ...« Sie räusperte sich und endete dann zögerlich: »... der Magie?«

Kate schloss die Schranktür mit einem Knall, der Arti zusammenzucken ließ. »In der Genesis pflückt Eva den Apfel vom Baum der Erkenntnis und sorgt dafür, dass die Menschen Gut und Böse sehen können. Schneewittchen bekommt von ihrer bösen Stiefmutter einen Apfel überreicht. Eine von Herakles Aufgaben war es, die goldenen Äpfel der Hesperiden zu stehlen. Paris überreichte Aphrodite einen Apfel und löste so den Trojanischen Krieg aus. Der Apfel fällt nicht weit vom Stamm, und doch traf er Isaac Newton auf den Kopf. Ach, rüttle und schüttele mich, die Äpfel sind alle reif und dann schieß mir einen vom Kopf. Den Kaffee mit Milch, Zucker? Schwarz?«

Arti starrte die andere Frau an. »Wie bitte?«

Kate grinste nur, schüttete Kaffeebohnen aus einer bunten Papiertüte in eine Mühle, und bald schon breitete sich der würzige Duft in der Küche aus. »Sie müssen entschuldigen. Ich bin Teetrinkerin. Diese Bohnen habe ich irgendwann einmal geschenkt bekommen. Ich hoffe, der Kaffee ist nach Ihrem Geschmack.«

»Ich habe das Gefühl, ein Großteil dieser Unterhaltung geht an mir vorbei. Hekate Bacula, Sie schlugen vor, dass wir zusammenarbeiten. Sie sagten etwas von Magie und dass mir dieser Apfel, den Sie mir gegeben haben, die Augen geöffnet habe, aber ... könnten Sie das bitte etwas ausführen? Tun Sie doch einfach so, als wäre ich nur eine einfache Polizistin und als hätte ich mich noch nie mit Geistern, Göttern oder so etwas beschäftigt, ja?«

Kate gab zwei Löffel Kaffeepulver in eine Tasse, goss kochendes Wasser hinzu, musterte Arti kurz und gab dann noch einige Stück Zucker dazu. Sie rührte um und reichte Arti den Becher.

»Bitteschön. Improvisiert, aber der Kaffee, den Sie haben wollten.« Kate setzte sich Arti gegenüber an den Küchentisch, faltete die Hände unter dem Kinn und sah die Ermittlerin an. Ihre Augen hatten einen dunklen Bernsteinton, bemerkte Arti.

»Magie existiert«, begann Kate leise, »auch wenn die meisten anderen Menschen, Menschen wie Sie, das normalerweise ignorieren. Oder sie finden andere Erklärungen. Um das Unbekannte wahrzunehmen, braucht ihr manchmal einen Schubs in die richtige Richtung, etwas, das euch die Augen öffnet. Den Apfel hatte ich gerade zur Hand. Ich hätte auch so etwas machen können.« Kate hob Zeige- und Mittelfinger der rechten Hand, fragte »Darf ich?« und strich Arti nach deren Nicken vorsichtig über die Nasenwurzel zwischen den Augenbrauen.

Artis Blick verschwamm einen Moment. Als er sich klärte, sah sie alle Farben viel intensiver, zudem lag ein Glitzern in der Luft, das von

Kates Fingern ausging, aus ihrer Kaffeetasse strömte, die Kürbisgläser umfloss wie manifestierte Sonnenstrahlen.

»Doch das ist für den Anfang vielleicht etwas viel.« Wieder spürte Arti Kates Finger auf der Stirn, und die Welt um sie herum verblasste. »Der Apfel hat Sie nur in die richtige Richtung geschubst.« Kate kreiste mit dem Zeigefinger in der Luft. So wie ihr Finger bewegte sich der Löffel in der Tasse.

Arti ließ die Tasse los und starrte den Kaffee an, dann Kate. Die hielt in der Bewegung inne, und mit einem Klirren stieß der Löffel gegen den Tassenrand.

»Wozu brauchen Sie dann mich?« Arti sog den Duft des Kaffees ein und schloss ihre Hände um die heiße Tasse.

Kate lächelte. »Sie sind etwas ganz Besonderes. Vollkommen un-magisch, aber mit einem Instinkt ausgestattet. Dem Instinkt der Jägerin, deren Namen Sie tragen.«

Das stimmte. Auch die anderen nannten Arti die Jägerin, das war einer der Gründe, warum man ihr immer die unmöglichen Fälle zuschanzte. So wie den Tod von Danelle Garcia, dessen Ursache Arti auf ein Glas Kürbiswürfel zurückgeführt hatte, das sie letztendlich zu Kate Bacula brachte.

»Und Sie«, Arti hob die Kaffeetasse an ihre Lippen. »Sie sind also eine Hexe? Zauberin? Magierin? Wie sagt man korrekt?«

»Ich bin eine Wächterin. Meine Aufgabe ist es, diese Welt vor dem zu schützen, was aus den anderen Welten Schaden bringen kann.«

»So wie Geister von Toten, die sich in menschlichen Körpern niederlassen.« Vorsichtig pustete Arti auf den heißen Kaffee.

»Unter anderem.«

»Unter anderem? Was denn noch?«

Ein leichtes Lächeln huschte über Kates Gesicht. »Eins nach dem anderen. Ich will Sie ja nicht gleich verschrecken.«

»Das haben Ihre sprechenden Kürbisse im Garten auch nicht geschafft.« Arti beschloss, dass der Kaffee nun genug abgekühlt sei, und nahm einen ersten vorsichtigen Schluck. Er schmeckte kräftig, fast dickflüssig, und das Kaffeepulver knirschte zwischen ihren Zähnen. Die Süße des Zuckers milderte seine Bitterkeit ab und hinterließ auf Artis Zunge einen dunklen, würzigen Geschmack. Langsam floss der Kaffee ihren Hals hinunter, langsam breitete sich das Koffein in ihrem Körper aus. Arti konnte einen leisen Seufzer nicht unterdrücken. Was wäre das Leben nur ohne Kaffee? Und nach diesem hier fühlte sie sich fast schon wieder befähigt, sich mit Magie und einer Weltenwächterin auseinanderzusetzen. Sie trank den Rest des schwarzen Gebräus in einem Zug aus und ließ nur den Kaffeesatz in der Tasse zurück. Dann blickte sie Kate direkt in die Bernsteinaugen. »Was erwarten Sie denn jetzt von mir?«

»Ich hatte gehofft, dass Sie mich von Zeit zu Zeit unterstützen, gewisse ... Bedrohungen aufzuspüren und zu eliminieren.«

»Sie wollen mich als Geisterjägerin rekrutieren?«

»Das war der Plan.«

Arti nickte langsam. »Lassen Sie mich eine Nacht darüber schlafen? Ich muss über das eine oder andere nachdenken. Und meine Chefin erwartet einen Bericht über den Todesfall.«

»Sie wissen, wo Sie mich finden.«

Der Kaffee brachte Artis Blut in Wallung, und so setzte sie einen lang vor sich hergeschobenen Plan in die Tat um. Sie rief bei Rena an und fragte nach einem Date. Rena, die Fahrerin der Pathologie, mit der sie berufsbedingt des Öfteren zu tun und auf die sie schon länger ein Auge geworfen hatte. Sie verabredeten sich zum Essen, eines führte zum anderen und so fand der späte Abend Rena und Arti knutschend auf der Couch vor – für Arti der beste Abschluss eines mehr als verrückten Tages voller Offenbarungen. Und der Tag war noch längst nicht zu Ende. Nachdem sie sich deren Zustimmung versichert hatte, schob Arti vorsichtig die Hand unter das Shirt der anderen Frau, ließ ihre Finger leicht über die weiche Haut gleiten, als plötzlich etwas in ihrem Kopf geschah. Es fühlte sich an, als zöge sich ihr Geist, ihr Bewusstsein, ihre Seele, alles, was sie ausmachte, auf einen winzigen Punkt zusammen. Nur den Bruchteil einer Sekunde, dann dehnte es sich wieder aus, doch nicht vollständig, denn da befand sich noch etwas anderes. Etwas, das sich in ihr eingenistet hatte und sie nun beiseiteschob.

»Nicht, dass ich eine schöne Frau in meinen Armen nicht zu schätzen wüsste«, erklang es ohne ihr Zutun aus Artis Mund. »Doch momentan habe ich etwas Wichtigeres zu tun.«

Ihre Hand unter Renas Shirt zog sich zurück, ihr Körper stand vom Sofa auf, und hilflos beobachtete sie sich selbst aus dem Inneren heraus. Sie sah Renas verwirrten Blick, hörte ihre Worte: »Arti, ist alles okay mit dir?«

Nein, wollte sie schreien. *Nein, das ist es nicht. Tu etwas, verdammt. Tu irgendetwas!*

Doch ihr Mund sagte: »Du gehst jetzt besser.«

Rena stand auf, warf ihr einen missmutigen Blick zu, griff sich ihre Jacke und schlüpfte in die Schuhe. »Ja«, entgegnete sie ungehalten. »Das tue ich wohl.«

Arti beobachtete, wie Rena die Tür hinter sich schloss, dann bewegte ihr Körper sich ins Bad, ihre Hände umfassten den Rand des Waschbeckens, und sie starrte sich im Spiegel an.

»Das ist überraschend«, hörte sie sich sagen. Ihre Finger strichen über ihre Wange, fuhren durch ihr Haar. »Wie viel Zeit ist vergangen, seit ... ?«

Einen Moment, einen kurzen Moment war Arti wieder Herrin ihres Geistes, ihres Körpers. »Was ... ?«, brachte sie hervor, dann war es vorbei. Ihr Kopf schüttelte sich.

»Zu aufwendig«, drang es aus ihrem Mund. »Lass mich selbst nachschauen.«

Dann waren da Finger in ihrem Geist, sie spürte, wie all ihr Wissen, ihre Erinnerungen, durchforstet wurden, umgeblättert wie die Seiten eines Buches, wie ein Film, der im schnellen Vorlauf vor ihren Augen entlangraste und stoppte, als sie in Kates Küche saß und den Kaffee trank.

»Ah!«, hörte sie sich triumphierend äußern. »Da müssen wir hin.«

Autofahren, wenn man nicht Herrin seines eigenen Körpers und Geistes war, stellte sich als schwierig heraus. Dieser Jemand, der Artis Körper steuerte und ihren Geist besetzte, kannte sich definitiv nicht mit Fahrzeugen aus, und nach dem dritten Beinahe-Unfall brodelte solcher Zorn in Artis Innerem, dass sie für einen kurzen Moment die Oberhand gewann. Sie lenkte den Wagen an den Straßenrand und hieb zornig auf das Lenkrad.

»Verdammt!«, brüllte sie. »Was ist hier eigentlich los? Wer bist du und was machst du in mir drin?«

»Wir müssen zu diesem Haus«, antwortete sie sich selbst und vor Artis innerem Auge erschien das Bild, wie sie an Kates Küchentisch die Kaffeetasse an die Lippen führte.

»Da sind wir uns ausnahmsweise einig«, murmelte sie. »Also lass mich bitte einfach zu Kate fahren, ohne unser beider Leben aufs Spiel zu setzen, ja?« Sie vermeinte, ein Seufzen in ihren Gedanken zu hören. Dann zog sich das ... Ding in sein Schneckenhaus in ihrem Geist zurück, und Arti war wieder sie selbst. Bis sie das Auto vor Kates Haus abstellte.

Ihr ungebetener Gast übernahm erneut die Führung und ließ Arti in kürzester Zeit das Schloss der rückwärtigen Türe von Kates Haus knacken. Genauso mühelos wurden ihre Erinnerungen durchblättert, und so wühlten ihre Hände in dem Küchenschrank und fanden die bunte Tüte mit den restlichen Kaffeebohnen. Sie spürte, wie sich ihre Mundwinkel zu einem Grinsen verzogen, dann wanderte die erste Kaffeebohne in ihren Mund, wurde knirschend von ihren Zähnen zermahlen, die zweite, dritte folgten und hinter ihr erklang Kates erstaunte Stimmer. »Artemis Kynigides. Was tun Sie mitten in der Nacht in meiner Küche?«

Artis Körper drehte sich um, und ihre Augen fixierten die Gestalt der Hüterin, die mit einem leichten Nachthemd angetan und einem Baseballschläger in der Hand vor ihr stand. Wie eine Ertrinkende kämpfte Arti darum, die Oberhand über ihren Körper zu gewinnen, etwas zu sagen, Kate mitzuteilen, dass sie nicht alleine in ihrem Körper steckte, dass da dieses Ding war, das all ihr Handeln bestimmte. Doch mit jeder Kaffeebohne, die in ihren Mund wanderte, wurde sie schwächer, kleiner und schrumpfte.

»Sie sind nicht Artemis.« Kate hob den Schläger wieder ein Stück höher, wich einen Schritt zurück und betätigte mit dem Ellbogen den Lichtschalter. Die plötzliche Helligkeit überraschte Artis Gast, die Tüte rutschte aus ihren Fingern, Kaffeebohnen prasselten auf die Fliesen, ihre Augen schlossen sich und dann spürte sie mit einer gewissen Erleichterung, wie der Schläger mit ihrem Schädel kollidierte. Dunkelheit umfing sie, als sie zu Boden ging.

Als Arti erwachte, fand sie sich – wie bereits am Nachmittag – an Kates Küchentisch sitzend vor. Im Gegensatz zum Nachmittag war sie jetzt allerdings an den Stuhl gefesselt und konnte sich nicht bewegen. Ihr Schädel dröhnte, aber für den Moment gehörte er wieder nur ihr selbst, und die seltsame Präsenz in ihrem Geist war ... verschwunden? Nein, nur noch nicht ganz bei Bewusstsein. Aber sie erwachte, das spürte Arti genau. Ihr blieb nicht viel Zeit.

»Kate«, sprudelte sie los. »Da ist etwas in mir, etwas, jemand hat sich da eingenistet und drängt mich beiseite. Ist das so ein Geisterding, wie Sie meinten? So wie bei Danelle Garcia? Sagten Sie nicht, dass ich dafür unempfänglich wäre? Was ist da los?«

Kate hatte die Arme auf den Tisch gestützt und das Kinn auf die gefalteten Hände gelegt. Statt des kurzen Nachthemdes trug sie nun eine lange Jogginghose und einen Hoodie, dessen Kapuze sie sich tief in die Stirn gezogen hatte. Aus der Dunkelheit musterte sie Arti.

»Verdammt, nun sagen Sie schon etwas! Ich hab hier nicht mehr viel Zeit, gleich ist es wieder zurück.«

»Ich weiß«, entgegnete Kate ruhig. »Und ich will auch gar nicht mit Ihnen sprechen. Also halten Sie bitte den Mund, ja?«

»Was? Ich ...« Mehr brachte Arti nicht hervor. Wie eine kräftige Hand fühlte es sich an, als ihr Geist gepackt und beiseitegeschoben wurde. Das Ding war deutlich stärker geworden, und sie schrumpfte, bis sie nur noch ein kleiner Punkt war, ein winziges Funkeln.

»Das war ein harter Schlag«, sagte ihre Stimme, und ihre Augen fixierten Kate, die sich zurücklehnte, sodass auch der Rest ihres Gesichts im Schatten verschwand.

Sie verschränkte die Arme. »Hart genug, um dich auszuschalten. Nicht hart genug, um sie ernsthaft zu verletzen. Was treibt dich hierher und was wolltest du an meinen Kaffeebohnen?«

»Deine Kaffeebohnen? Es sind nicht deine Kaffeebohnen. Sie gehören mir! Und was habt ihr überhaupt damit gemacht? Sie schmecken grauenhaft!« Arti spürte, wie ihre Arme in den Fesseln zuckten. Fühlte sich an wie Kabelbinder. So etwas hätte sie Kate gar nicht zugetraut.

»Kaffeebohnen sind auch nicht dazu gedacht, einfach so weggeknuspert zu werden.« Kates Blick wanderte zu dem bunten Beutel auf dem Tisch, in dem sie die Kaffeebohnen, die Arti hatte fallen lassen, wieder zusammengesammelt haben.

»Davon spreche ich doch gar nicht. Ich spreche von der furchtbaren Röstung. Und außerdem sind sie vollkommen überlagert. Wie lange standen sie denn bitteschön in dem Schrank?«

Arti wollte schreien. Eine Diskussion über Kaffeeröstung war das Letzte, was sie gerade brauchte.

»Zu lange scheinbar. Was hast du mit den Kaffeebohnen zu schaffen?«

Artis Kopf bewegte sich von rechts nach links, ein langsames, nachdenkliches Kopfschütteln. »Sie sind das Einzige, was von mir blieb, nachdem mein sterblicher Körper diese Welt verlassen hat.«

»Dein Geist lebt in den Kaffeebohnen weiter?« Kate beugte sich wieder ein Stück vor und musterte Arti scharf.

»Wie alle guten Nachfahren haben meine Kinder auf mein Grab einen Kaffeestrauch gepflanzt, so wie es Brauch ist, seit Der mit vielen Namen den Tod des Ersten beweinte. Wo die Tränen des Himmlischen die Erde benetzten, sprossen die Kaffeesträucher.«

Langsam zog Kate ihre Kapuze herunter, entblößte ihre kurzen, braunen Haare und sah Arti an. Nein, nicht Arti, sondern das, was sich dort in ihrem Geist eingenistet hatte. »Wie lange ist es her, dass du gestorben bist?«

So weit ihre Fesseln es zuließen, beugte sich Artis Körper vor. »Lange«, hauchte es aus ihrem Mund, »lange vor eurer Zeit, Kinder, und der Zeit eurer Eltern und deren Eltern. Ich habe in den Erinnerungen dieses Körpers gelesen und ich kann versichern, es ist Jahrhunderte her.«

»Du bist nicht hinübergegangen, in das nächste Leben? Du bist gerade erst erwacht?«

»So ist es. Ich hatte keinen Anlass, diese Welt zu verlassen. Ich habe geruht und plötzlich wurde ich aus meinem ewigen Schlummer gerissen und finde mich in diesem Körper wieder.«

Erleichterung huschte über Kates Züge. »Dann gehörst du nicht zu den Jenseitigen, zu denen, die unberechtigt zurückkehren. Wäre es möglich, dass ich mit der ursprünglichen Inhaberin dieses Körpers spreche?«

Arti fühlte sich gepackt, ins Licht gerissen, an die Oberfläche geholt, wie durch Wasser, und plötzlich war sie wieder die Herrin ihres Körpers. »Was zur Hölle ... ?«, brachte sie hervor.

»Das nicht«, antwortete Kate ruhig. »*Das* zum Glück nicht. Was haben Sie mitbekommen?«

Arti schloss für einen Moment die Augen, spürte tief in sich hinein, und da war es, das Wesen. Wartete. Wartete ...

»Ich konnte sehen, und hören. Doch ich weiß noch immer nicht, was passiert ist.«

»Sie sind besessen.«

»Besessen? So wie Danelle Garcia? Ich werde sterben?«

»Nein.« Kates Lippen verzogen sich zu einem schnellen Lächeln. »Sie sind kein Gefäß, und dies ist kein jenseitiger Wandelgeist. Das hier ist etwas ganz anderes. Möchten Sie noch einen Kaffee?« Sie stand auf, griff nach der bunten Tüte mit den restlichen Kaffeebohnen und gab sie in die Mühle.

»Was haben Sie vor?« Arti ließ Kate nicht aus den Augen, die damit beschäftigt war, den Kaffee aufzubrühen.

»Nur das Beste. Ich will euch beide wieder trennen, doch dazu müssen wir das Wesen, was sich in Ihnen eingenistet hat, zunächst stärken. Wir müssen alle Teile des Geistes zusammenfügen. Indem Sie von den besessenen Kaffeebohnen getrunken haben, erwachte der Geist. Nun sollten Sie auch noch den Rest zu sich nehmen. Arti«, Kate drehte sich um, stellte einen dampfenden Kaffeebecher auf den Tisch. »Es tut mir leid. Irgendwie ist es meine Schuld, dass dies geschehen ist. Glauben Sie mir, ich werde herausfinden, wie ich an diese Bohnen gekommen bin. Und jetzt werde ich es wieder gut machen. Für alle von uns.« Kate zog eine Schere aus einer Schublade und trennte Artis Fesseln auf.

Arti rieb sich die schmerzenden Handgelenke und musterte misstrauisch den Kaffee. »Was passiert, wenn ich das trinke?«

»Der Geist erstarkt weiter, wird Sie wieder übernehmen. Und dann trete ich in Verhandlungen.« Kate setzte sich auf den Stuhl an die gegenüberliegende Seite des Tisches. »Vertrauen Sie mir, Arti. Ich brauche Sie. Ich brauche meine Jägerin.«

»Es bleibt mir nicht viel übrig, oder?« Arti zog den Becher zu sich herüber, blickte noch einmal zögernd in die schwarze Flüssigkeit hinein und stürzte sie dann mit einem Schluck hinunter. Finsternis umfing sie und ihr Selbst verschwand.

Kate beobachtete, wie das Licht in Artis Augen erlosch, wie ihr Kopf auf die Brust sank, und sie hoffte, hoffte inständig, dass sie in ihrer Einschätzung nicht falsch lag. Wenn der Geist sie angelogen hatte, wenn er doch zu den Jenseitigen gehörte, dann hatte sie ihm gerade Tür und Tor geöffnet, in einer Zeit, wo die Welten sowieso nur wenig voneinander getrennt waren und der Schleier dünn. Dann hätte sie das Verderben über diese Welt gebracht.

Sie ließ ihren Blick nicht von dem zusammengesunkenen Körper vor sich und bemerkte, wie sich der Kopf wieder hob. Als Arti die Augen aufschlug, füllte sie Schwärze aus. Schwärze von der Farbe des Kaffees. Sie streckte sich, drehte den Kopf von rechts nach links und erhob sich.

»Du bist wieder vollständig.« Kate sammelte ihre Kraft, um sich im Notfall verteidigen zu können. Und dort lag auch noch in Reichweite der Baseballschläger.

»So vollständig, wie man es nach dieser langen Zeit erwarten kann. Es fühlt sich ... seltsam an, wieder einen Körper um sich zu haben.«

»Du wirst ihn nicht behalten.« Kate stand auf und deutete auf die aufgebrochene Hintertür, die hinaus in den Garten führte. »Er ist nur eine Zwischenstation. Draußen wartet ein anderer Baum, in dem du dich niederlassen kannst. Dort steht ein junger Apfelbaum, der bereit ist, dich aufzunehmen. Bis er im nächsten Frühjahr Früchte trägt, haben wir Zeit herauszufinden, wo du herkamst, wo dein Grab und dein eigener Kaffeestrauch ist. Ich verspreche dir, dass wir dich heimbringen werden.«

Der Geist mit Artis Körper lehnte sich zurück und verschränkte die Arme. »Und wenn es mir hier doch ganz gut gefällt? Weißt du, sie«, Artis Finger deutete auf sich selbst, »hat eine hübsche Freundin, und eure Welt scheint faszinierend zu sein. Dies Gefährt, was uns hergebracht hat ...«

»Nein.« Kate versuchte, sich ihre Angst nicht anmerken zu lassen. »Deine Zeit ist vorbei. Ihre nicht. Sie hat noch viel zu bewirken.«

»Du hast Pläne mit ihr?«

Kate neigte nur den Kopf und antwortete nicht.

»Nun denn.« Der Geist seufzte und Artis Körper erhob sich. »Du wirst wohl recht haben. Es sei ihr gegönnt, ein eigenes Leben zu führen. Soll ich auf natürlichem Wege ihren Körper verlassen? Dann müssten wir noch etwas warten.«

»Nein. Es ist nicht gut, dass ihr Geist so lange abwesend ist. Wir müssen schnell handeln. Wir brauchen ihr Blut.«

Im nächtlichen Garten murmelten die Kürbisse verschlafen vor sich hin, als Kate mit dem Geist in Artis Gestalt zu dem jungen Apfelbaum ging.

»Macht euch bekannt«, sagte sie, deutete auf das Bäumchen und holte dann ihr Athame heraus. Mit dem Dolch zog sie einen Bannkreis um sich, den Geist, den Baum. Sie wollte sichergehen, für den Fall der Fälle.

Als sie die Beschwörung beendete und sich umdrehte, kniete Artis Körper vor dem Baum, ihre Hände umfassten den Stamm, und ein leichtes Lächeln lag auf ihrem Gesicht. »Sie ist ein freundliches Gewächs. Wir werden gut miteinander auskommen.«

Erleichterung durchströmte Kate, als sie sich neben den beiden niederließ.

»Entschuldige bitte«, flüsterte sie und brachte dem Baum einen tiefen Schnitt in die Rinde bei. Sie griff nach Artis Hand, setzte die Spitze des Athame auf deren linken Daumen und hob den Blick, um dem Wesen in die Augen zu schauen. »Sammle dich hier.«

Dann stieß sie zu.

Blendender Schmerz holte Arti zurück.

»Aua. Was tun Sie da?«

Sie spürte Kates festen Griff um ihr Handgelenk und den scharfen Befehl: »Drücken Sie den Daumen darauf.«

Arti gehorchte und langsam klärte sich ihr Blick, mit jedem Schlag ihres Herzens ein Stückchen mehr. Kate presste ihren Daumen auf den Stamm eines kleinen Bäumchens, das ihr Blut in sich aufnahm.

»Was zur Hölle ... ?«

»Sie wiederholen sich. Willkommen zurück.«

»Dann wiederhole ich mich gerne ein weiteres Mal. Was tun Sie da?«

»Ich nehme einen Umzug vor.«

»Einen Umzug?«

»Der Geist hat Ihren Körper verlassen und wohnt jetzt in dem Baum.« Kate ließ Artis Handgelenk los.

Arti sank rückwärts in das nachtfeuchte Gras. Sie steckte den blutenden Daumen in den Mund und starrte in den schwarzen Himmel. In ihrem Inneren herrschte eine wohltuende Leere. Sie befand sich wieder alleine in ihrem Körper.

Wie von fern drang Kates Stimme an ihr Ohr. »Wir werden herausfinden müssen, wo die Kaffeebohnen herkamen. Und dann werden wir im nächsten Sommer die reifen Äpfel dorthin bringen.«

»Wenn Sie das sagen.« Arti kramte in ihrer Hosentasche nach einem Taschentuch und presste es auf die blutende Wunde. Hinter ihr erklang ein leises Schnarchen und ließ sie zusammenzucken. Sprechende Kürbisse. Geister in einem Apfelbaum. »Hätten Sie nicht einfach mein Blut bis dahin aufbewahren können? Im Kühlschrank oder so? Und dann verschicken wir es per Post nach, was weiß ich wohin.«

Kate lachte leise. »Glauben Sie mir, Arti, Sie wollen nicht Ihr Blut, Ihren Lebenssaft, Ihre Essenz, in der zudem ein Geist wohnt, in fremde Länder schicken. In dem Blut steckt auch immer ein Gutteil Ihres Selbsts, und damit kann viel Unfug angestellt werden.«

»Ich spende regelmäßig Blut. Sollte ich mir Gedanken machen?«

»Ab jetzt schon.«

Arti schüttelte den Kopf und richtete sich langsam auf. Das Licht aus der Küche reichte kaum bis hierher, und Kate hatte sich die Kapuze ihres Hoodies wieder tief ins Gesicht gezogen, sodass sie nur wie ein Schatten in der Finsternis schien.

»Wenn Sie nichts dagegen haben, dann fahr ich jetzt heim. Mein Auto steht, glaub ich, irgendwo dahinten, und ich hab da noch ein verkorkstes Date wieder geradezubiegen. Wir sehen uns.« Mit einer abwesenden Bewegung strich sich Arti durch die Haare und zuckte zusammen, als sie auf die Beule traf, die Kates Baseballschläger an ihrem Schädel hinterlassen hatte. Ihr Leben war bisher auch nicht gerade langweilig gewesen, aber wenn dieser Tag, und diese Nacht, als ein Omen für das dienten, was noch vor ihr lag? Sie schüttelte den Kopf und ging.

Kate schloss die Küchentür hinter sich und legte das Athame auf die Arbeitsplatte. An der Klinge klebte noch ein Rest Blut. Sie würde warten, bis es vollständig getrocknet war. Aus ihrer Hosentasche zog sie eine einzelne Kaffeebohne. Es war immer gut, auf Nummer sicher zu gehen.

～

Marina Wolf

Katzenkaffee

Leise kratzen meine Krallen über Rinde, während ich einen Baum hinaufklettere. Der Laut wird von der Geräuschkulisse des erwachenden Dschungels verschluckt. Ich spitze meine Ohren und lausche in die dämmrigen Schatten. Blätter rauschen und streichen über mein Fell, Vögel keckern und kreischen, Insekten zirpen und summen, doch keines ist mir nah genug, um es fangen zu können.

Geduckt laufe ich einen Ast entlang und halte die Nase in den warmen Wind. Die Erde unter mir lechzt nach Regen, und der intensive Geruch der Makakenfamilie auf den Felsen weiter vorne dringt durch das Laub. Ich schnuppere. Da ist ein neuer Duft. Ungewohnt in dieser Umgebung. Würzig und fett, voll und rauchig. Futter.

Ich springe auf einen tiefer liegenden Ast, dann zwischen die Sträucher am Waldboden. Das Laub raschelt und eine Maus flitzt davon. Mein Schwanz zuckt bei der Bewegung, aber die Maus ist schon weg. Egal. Ich mag Mäuse sowieso nicht besonders.

Der Duft vor mir ist intensiver geworden. Wie ein Lockruf schwebt er durch die tanzenden Schatten. Ich laufe weiter, den Körper dicht an den Boden gedrückt. Die Quelle des Dufts ist jetzt ganz nah. Sie liegt in einem seltsamen Kasten, der unter frischen Zweigen nur schwer zu erkennen ist. Ich bleibe stehen und beschnuppere das Ding. Es riecht wie die Drahtzäune, die Menschen so gern um ihre Hühner bauen. Nur ist dahinter kein Huhn.

Ich laufe weiter, folge dem köstlichen Duft bis zu einer Büchse, die ganz am Ende des Zaunkastens hängt. Auch die Büchse ist aus Metall. Ich packe sie mit meinen Krallen, ziehe mich an ihr hoch und schaue hinein. Darin ist gar kein Futter. Nur eine Art schmutziges Wasser, das träge hin und her schwappt.

Hinter mir ertönt ein Rattern, dann ein Klacken. Ich zucke herum und pralle gegen rostigen Draht. Wo eben noch ein freier Weg war, hängt nun ein neuer Zaun. Ich fauche ihn an, fletsche meine Zähne, werfe mich dagegen. Der Zaun rührt sich nicht. Ich drehe mich in dem engen Ding um mich selbst, untersuche die Wände, die Decke, den Boden. Überall ist Metall. Starr und rostig und unnachgiebig.

Etwas klopft hinter mir und ich schaue mich um. Der Drahtkäfig, die duftende Büchse und der ganze Wald verschwimmen und lösen sich in Nebel auf.

»Cahya, wach schon auf!«

Ich blinzele und öffne nur langsam die schweren Augenlider. Über mir ist nichts als die dunkelgraue Decke meines Toyotas. Einen verwirrten Moment lang habe ich noch das Lärmen des Dschungels in den Ohren, dann geht er in das Rattern und Brummen des morgendlichen Straßenverkehrs über. Wieder ein Klopfen und ich hebe den Kopf, bis das Seitenfenster in meinem Blickfeld auftaucht. Hinter der Fensterscheibe schwebt ein Gesicht wie ein hellbrauner Fleck. Mühsam setze ich mich auf und strecke die steifen Glieder, dann öffne ich die Tür und murmele dem davor wartenden Nataniel etwas Ähnliches wie einen Morgengruß zu.

Er kneift die Augen zusammen. »Alles in Ordnung? Du siehst aus, als hättest du einen Geist gesehen.«

Ich reibe mir über das Gesicht. »Hab nur schlecht geträumt.«

Nataniel schnalzt mit der Zunge. »Ich hab doch gesagt, du sollst keinen Kaffee vor dem Einschlafen trinken.«

Ich lächle ihn an. »Dann solltest du schlechteren Kaffee kochen.«

Ich sage ihm nicht, dass Kaffee mich noch nie am Schlafen gehindert hat. Im Gegenteil. Wenn ich nach einer Tasse milden Kaffees die Augen schließe, kann ich problemlos in eine andere Welt gleiten, in der ich nicht die versmogte Luft der Kleinstadt, sondern die Düfte des Dschungels atme und auf vier Pfoten durch die Baumkronen gleite. In der Welt meiner Träume bin ich frei. Oder ich war es, bis zu diesem panischen Moment kurz vor dem Aufwachen.

»Ich hab Kunden für dich«, reißt Nataniels Stimme mich aus meinen Gedanken. »Hast du heute Zeit?«

Ich taste nach der Wasserflasche unter dem Vordersitz. »Den ganzen Tag?«

Nataniel nickt. »Sie wollen die Plantage besichtigen und vielleicht noch ein paar Zwischenstopps hier und da machen. Du kennst das ja.«

Jetzt bin ich schon ein bisschen wacher. Eine ganze Tagestour ist wesentlich angenehmer und einträglicher, als in der Stadt herumzusitzen und Touristen zu Märkten, Tempeln, Hotels oder Bahnhöfen zu kutschieren.

»Wann geht's los?«, frage ich.

Nataniel deutet mit dem Daumen über die Schulter auf sein kleines Hotel mit dem angeschlossenen Café. »Sie sind gerade zum Frühstück gekommen. Willst du noch einen Espresso zum wach werden?«

Ich hätte ihn küssen können für dieses Angebot. Ich folge ihm in seine winzige Küche und nicke einer der Angestellten zu, die gerade eine frische Frangipaniblüte in ihr tiefschwarzes Haar steckt. Sie nickt wortlos zu einer kleinen Schale mit Reis, schnappt sich ein voll beladenes Tablett und verschwindet in den Gästeraum. Dankbar schlinge ich mein Frühstück herunter und lasse dabei nicht die Augen von Nataniel, der mit geradezu liebevollen Bewegungen an seiner italienischen Siebträgermaschine hantiert. Er hat sie aus seinen Jahren in Wien mitgebracht und ich habe den leisen Verdacht, dass er sein Café um diese Maschine herum gebaut hat, statt sie in ein geplantes Café zu integrieren.

Die Maschine gibt ein gemütliches Brummen von sich und ein dunkler Strahl ergießt sich in die Tasse. Der Duft von frisch gebrühtem Kaffee erfüllt den Raum und ich unterdrücke ein glückliches Seufzen. Nataniel überreicht mir die winzige Tasse mit einer so ernsthaften Geste, als handele es sich dabei um ein heiliges Artefakt. Ich nehme sie kaum weniger huldvoll entgegen, schließe die Augen und atmete tief das Aroma des Espressos ein. Dunkel und erdig und warm. Dann erst setze ich das

Tässchen an die Lippen und lasse mir den Kaffee auf der Zunge zergehen. Er schmeckt leicht nussig mit einer sanften, floralen Note.

Mit jedem Schluck werde ich ein bisschen wacher und meine Sinne breiten sich aus. Unter meinen nackten Füßen spüre ich nicht mehr allein den harten Fliesenboden, sondern auch die dunkle Erde darunter. Ich spüre das junge Leben, das in ihr schläft. Als kribblige Energie strömt es durch jede Faser meines Körpers und die mich umgebenden Pflanzen, Tiere und Menschen. Wurzeln graben sich tief ins Erdreich und Blätter strecken sich der Sonne entgegen. Winzige Füße trippeln über warme Steine und Zweige entlang. Unzählige Flügel sirren durch die Morgenluft.

Dann mischt sich eine unangenehme Note in mein kleines Glück. Ich rieche Schweiß und Metall und noch etwas anderes. Eine Hand kommt auf mich zu und packt mich im Genick. Ich fauche, winde mich panisch und schlage meine Zähne in stinkendes Fleisch. Jemand brüllt auf und schleudert mich davon. Ich pralle schmerzhaft gegen einen Baum und mit einem lauten, klirrenden Geräusch wird alles dunkel.

»Mensch, Cahya, pass doch auf!«

Ich stehe wieder auf zwei Beinen in Nataniels Küche vor einer kleinen Kaffeepfütze, in der die Scherben meiner Tasse schwimmen. Mein Herz rast und ich muss mich am Tisch abstützen. Was war das denn?

Nataniel holt einen Lappen und beginnt die Scherben aufzusammeln.

»Es tut mir leid«, bringe ich endlich stammelnd hervor. »Sie ist mir aus der Hand gerutscht.«

Nataniel murrt leise vor sich hin, aber offenbar hat er meinen Anflug von Wahnsinn nicht bemerkt. Er wischt den Boden sauber und lässt sich sogar dazu herab, mir einen neuen Espresso zu machen. Diesmal zwinge ich mich, die Augen offen zu halten, während ich ihn langsam, Schluck für Schluck trinke.

Als ich wieder nach draußen trete, bleibe ich kurz an einem der Frangipanibäumchen stehen und atme tief den sanften Duft seiner weißgelben Blüten ein. Ein paar Zweige glänzen feucht, wo Nataniels Angestellte Blüten für ihre Haare abgezupft haben. Vorsichtig schaue ich mich um, ob mich auch niemand beobachtet. Dann lege ich eine Hand auf die verletzten Zweige und lasse ein wenig Energie in das Bäumchen fließen. Die Wunden verschließen sich und ein leiser Luftzug raschelt durch die Blüten, als wolle der Baum sich bedanken.

Neben meinem Toyota warten bereits drei Personen. Die Frau ist unter einem breiten Strohhut und einer riesigen Sonnenbrille fast nicht zu erkennen. Der Griff um ihre geblümte Handtasche wird ein wenig fester, als sie mich bemerkt.

Der Mann winkt mir mit einem ungeduldigen Lächeln zu. »Bist du der Fahrer?«, fragt er in Englisch mit einem harten deutschen Akzent. »Wir wollen los.«

Keine Begrüßung. Keine Vorstellung. Warum auch? Ich bin ja nur der Fahrer.

»Sonst wird es zu heiß«, ergänzt die Sonnenbrillenfrau.

Während sie spricht, kommt es mir vor, als wabert der Schatten einer anderen Person hinter ihr. Das ist der Nachteil daran, Kaffee zu trinken. Noch eine ganze Weile danach sind meine Visionen viel stärker als sonst und ich habe noch keinen Weg gefunden, sie zu kontrollieren. Schatten wie diese sehe ich besonders oft. Meistens bedeuten sie, dass die Betreffenden in ihrem Leben eine Rolle annehmen, die nicht ihrem Wesen entspricht. Manchmal frage ich mich, wie mein Schatten aussehen würde, wenn ich mich von außen betrachten könnte.

Neben der Mutter verdreht ein dürres Mädchen genervt die Augen. »Dann bleib doch im Hotel«, grummelt sie leise auf Deutsch. Sie ist in diesem Zwischenalter, in dem man nicht mehr ganz Kind ist, aber auch noch kein Teenager, und trägt ein schwarzes T-Shirt mit einem großen, bunten Schmetterling quer über der Brust. Die Visionen, die sie umflimmern, sind undeutlich und entnervend wechselhaft, wie so oft bei jungen Menschen.

Ich lächle und tue so, als hätte ich ihre Worte nicht verstanden. Offenbar hat Nataniel diesen Leuten nicht gesagt, dass sie mit ihrem Fahrer auch Deutsch sprechen können. Gut, das erspart mir lästigen Smalltalk. Ich entriegle das Auto, setze mich hinter das Steuer und frage in meinem schlechtesten Englisch: »Zu Plantage, ja?«

Der Mann nickt, während er umständlich auf den Beifahrersitz klettert. »Kopi Luwak«, erklärt er so laut, als wäre ich schwerhörig. »Der teuerste Kaffee der Welt!«

Er sieht stolz aus. Als hätte er allein diese großartige Entdeckung gemacht.

Ich nicke, lächle und lasse meinen Blick über ihn gleiten, während ich den Motor starte und mich in den träge vorbeiströmenden Verkehr einfädle. Er gehört zu der Sorte Mensch, die nicht akzeptieren wollen, dass sie nicht für ein tropisches Klima geschaffen sind. Obwohl es noch so früh am Tag ist, schwitzt er bereits und sein Gesicht und die unbedeckten Arme sind leicht rot von einem Sonnenbrand.

Einen Atemzug lang legt sich ein anderes Bild über seinen Anblick. Der Sonnenbrand weicht einer ungesunden Blässe. Er trägt einen Anzug und brüllt in ein Telefon. Dann verzerrt sich sein Mund, seine Augen werden groß, er schnappt nach Luft und greift sich an die Brust.

Die Vision verschwindet so schnell wie sie gekommen ist. Ich unterdrücke einen Fluch und konzentriere mich auf die Straße.

Während das Mädchen demonstrativ gelangweilt aus dem Fenster starrt, zückt ihr Vater sein Handy und liest seiner Familie aus einem Artikel vor: »Kopi Luwak bezeichnet eine spezielle Form von Kaffee, der auch Katzenkaffee genannt wird. Der Name ist eine Zusammensetzung der beiden indonesischen Wörter *Kopi,* das heißt Kaffee, und *Luwak,* abgeleitet aus dem indonesischen Namen *Musang luwak* für den Fleckenmusang. Fleckenmusangs sind eine in Süd- und Südostasien verbreitete Schleichkatzenart. Die Katzen fressen die reifen Kaffeekirschen, können aber nur das Fruchtfleisch verdauen und scheiden die halb verdauten Kaffeebohnen wieder aus. Der besondere Geschmack des aus diesen Bohnen gewonnenen Kaffees entsteht durch die Fermentation der Kaffeebohnen durch Enzyme im Darm der Schleichkatzen.«

Seine Tochter quietscht angeekelt. »Wäh, ihr wollt echt Katzenkacke trinken?«

Zum Glück bemerkt niemand von meinen Gästen mein Grinsen. Ich könnte diesen Leuten hier natürlich erklären, dass ihnen bei der Plantage vermutlich ohnehin kein echter Kopi Luwak vorgesetzt wird, sondern eine Mischung aus überteuertem Industriekaffee und einem geringen Anteil der ach so wunderbaren Kackebohnen. Denn für echten, reinen Kopi Luwak sind beide Eltern zu geizig. Sie werden nach den billigen Angeboten greifen und wie die meisten Touris mit vorgespielter Kennermiene ihre Plörre schlürfen. Dann werden sie ein paar Gramm kaufen, um sie als Geschenke zu Hause zu verteilen und mit dem teuersten Kaffee der Welt vor ihren Freunden anzugeben.

Als wir an der Plantage ankommen und ich die Türen öffne, stöhnt die Frau auf. »Ist es hier immer so heiß?«, fragt sie mich auf Englisch.

Ich lächle. »Ist Trockenzeit. Aber hier oben nicht so heiß. Hier Schatten von Baum.« Ich deute auf die Plantage, auf der die Kaffeebüsche mit ihren fleischig grünen Blättern zwischen Schatten spendenden Bäumen wachsen. Die Frau zieht eine Grimasse und fächert sich Luft zu. Ihre Tochter scheint weniger Probleme mit den Temperaturen zu haben. Während ihre Eltern sich beeilen, zum überdachten Eingang der Plantage zu kommen, an dem bereits ein paar weitere Touristen auf den Beginn der Führung warten, vergräbt sie die Hände in den Hosentaschen und schlurft lustlos hinterher.

Ich parke den Toyota in einem winzigen Schattenfleck, lehne mich zurück und schließe die Augen, um ein wenig zu dösen.

Metall über mir, unter mir, neben mir. Meine Seite brennt und das Atmen fällt mir schwer. Meine Pfoten krallen sich in das dünne Gitter. Ich presse die Nase zwischen die Streben und nage am Draht.

Er gibt nicht nach. Um mich herum sind andere. Manche quieken ängstlich, andere liegen ganz still. Es riecht nach trockener Erde und Rost, nach unreifen Kirschen und Dung.

Ich reiße die Augen wieder auf und greife keuchend an meine schmerzende Seite. Nicht schon wieder. Warum verfolgt mich dieser verdammte Traum selbst noch am Tag?

Mein Blick wandert zurück zum Eingang der Plantage. Die Besucher sind inzwischen verschwunden. Wie von einem unsichtbaren Seil gezogen, steige ich aus dem Auto und gehe zögernd auf das Tor zu.

Einer der anderen Fahrer hebt den Kopf. »Hast du Feuer?«

Ruckartig bleibe ich stehen. Was mache ich hier eigentlich? Ich krame ein Feuerzeug aus meiner Hosentasche und zünde seine Zigarette an. Dann nicke ich in Richtung der Plantage.

»Hast du den Wunderkaffee eigentlich schon mal probiert?«

Er lacht auf. »Ich? Könnt ich mir nie leisten. Der ist nur was für die Weißen.« Er nimmt einen tiefen Zug und bläst einen wackeligen Rauchring in die Luft. »War doch schon immer so. Erst schleppen die Holländer uns den Kaffee ins Land und dann schicken sie alles nur weg und lassen nichts für uns übrig. Und dann kommen wir darauf, die Bohnen aus den Musang-Haufen zu pulen und schwupps, wieder nehmen sie ihn uns weg.«

Ich nicke zustimmend, ohne ihm richtig zuzuhören. Ich habe das Gefühl, dass etwas an mir zerrt. Etwas, das mich dazu treiben will, den Touristen zu folgen. Ein klagender Ruf hallt durch mein Bewusstsein und treibt mir Tränen in die Augen. Schnell wende ich mich von dem anderen Fahrer ab und gehe an der Mauer der Plantage entlang. Sie ist nicht besonders hoch und an einigen Stellen schon recht bröckelig. Eigentlich ist sie mehr eine Markierung als ein echtes Hindernis.

Ich habe keine Ahnung, was hier los ist. Ich habe mich damit abgefunden, dass ich anders bin als andere Menschen. Ich habe mich daran gewöhnt, die mich umgebenden Lebewesen intensiver wahrzunehmen als andere das offenbar können. Ich habe gelernt, mich von meinen lästigen Visionen nicht völlig aus der Bahn werfen zu lassen. Ich habe mich sogar darauf gefreut, nachts auf vier Pfoten durch den Dschungel zu streifen. Aber das hier ist neu und es bereitet mir Kopfschmerzen. Ich will, dass es aufhört!

An einer besonders baufälligen Stelle der Mauer bleibe ich stehen und schaue zurück. Vom Parkplatz aus kann man mich hier nicht mehr sehen. Ich hole tief Luft und schiebe den Gedanken beiseite, was ich hier eigentlich zu suchen habe. Dann ziehe ich mich an alten Steinen und krümeligem Putz hoch, schwinge ein Bein über die Mauer und lasse mich auf der anderen Seite zu Boden fallen.

Ich lande ungeschickt im trockenen Gras und Schmerz zuckt durch meine Knie und meine Seite. Die Seite, mit der ich gegen den Baum geknallt bin. Der Mann, der mich gefangen hat, hat noch einen Schlag mit den Stock nachgesetzt, damit ich ihn ja nicht noch einmal beißen kann.

Ich blinzle und schüttle den Kopf. Was denke ich denn da für einen Unsinn? Ich habe noch nie jemanden gebissen. Trotzdem hebe ich mein Hemd und betaste meine schmerzende Brust. Alles fühlt sich ganz normal an. Die Haut ist glatt und unversehrt. Warum habe ich dann das Gefühl, dass sich bei jedem Atemzug meine Rippen in meine Lunge bohren? Ich fahre mit einem Finger unter den Verband, der meine Brüste flach an meinen Körper presst, damit niemand sie bemerkt. Ich lockere ihn ein wenig, aber die Schmerzen beim Atmen bleiben.

Wind raschelt in den dunklen Blättern der Kaffeesträucher und wieder hallt dieser klagende Ruf durch jede Faser meines Seins. Fremd und unheimlich und doch so ungemein vertraut, als müsste ich den Rufenden kennen. Diesmal schließe ich ganz bewusst und sehr langsam die Augen, hole tief Luft und warte ab.

Draht unter meinen Füßen und laute, ratternde Stimmen um mich herum. Ich blinzle, stemme mich mühsam an meinem Käfig hoch und starre in riesige Gesichter. Einige halten kleine, schwarze Kasten hoch, aus denen Licht blitzt. Es ist so hell. Viel zu hell. Ich schnattere erschrocken und ein Mensch vor mir gibt einen unangenehm hohen Ton von sich. »Ist der niedlich!«

Ich zucke mit den Ohren. Jemand schiebt kleine, rote Kugeln durch eine Klappe in meinen Käfig und ich schnuppere daran. Leckerfrüchte. Die meisten allerdings noch unreif. Ich schiebe einige davon zur Seite, bis ich eine tiefrote, reife Frucht finde und sie herunterschlinge. Mehr Menschenlärm, mehr Licht.

»Früher haben die Kaffeebauern die Musangs als Ungeziefer verjagt, weil sie ihre besten Kaffeekirschen von den Sträuchern gefressen haben«, erklärt eine andere Stimme. »Heute helfen sie uns, den besten Kaffee der Welt zu machen.«

Gelächter brandet auf, mehr Kirschen werden durch die Klappe geschoben. Ich fresse ein paar davon, dann presse ich meinen wunden Körper gegen das Gitter in meinem Rücken. Ich will nur noch schlafen. Aber alles ist so laut und hell.

Ich öffne meine menschlichen Augen, rapple mich auf und schleiche leise fluchend in die Richtung, in der flache Betonbauten aus dem dunklen Grün der Plantage ragen. Im Schatten eines der Gebäude bleibe ich stehen und luge um die Ecke. Ein kleines Stück entfernt steht eine Gruppe von Touristen vor einem kleinen Mann, der ihnen etwas über die Kaffeebohnen erzählt, die vor ihnen auf einem Tuch in der Sonne ausgebreitet liegen. Doch mein Blick wird augenblicklich von den Käfigen angezogen, die hinter der Gruppe an einer Wand entlang aufgereiht sind. Mein Herz bleibt einen Augenblick stehen bei ihrem Anblick. Kleine, pelzige Leiber mit kurzen Schnauzen und runden Ohren sitzen hinter dem Drahtgeflecht. Manche nagen lustlos an unreifen Kaffeekirschen, andere versuchen irgendwie eine einigermaßen bequeme Position inmitten der Drähte zu finden, die so gar nichts mit ihren gewohnten Bäumen und dem weichen Waldboden zu tun haben. Ich kann ihre verzweifelte Sehnsucht spüren, ihre Müdigkeit und ihren Hunger.

Vor einem der Käfige entdecke ich das Mädchen mit dem Schmetterlingsshirt. Sie hat eine Hand gegen die Käfigtür gelegt und steht ganz still. Als die Gruppe der Touristen schnatternd und immer wieder fotografierend an ihr vorbeizieht, bleibt ihr Vater neben ihr stehen und sagt etwas. Dann schlägt er mit der flachen Hand fest gegen den Käfig und eine neue Welle von Schmerz schießt durch meinen Körper. Ich krümme mich zusammen, japse nach Luft und sehe Sterne vor meinen Augen tanzen.

Als mein Blick sich endlich wieder klärt, sind die Menschen verschwunden. Vor mir ist nichts als sonnenbeschienene Kaffeebohnen und kleine Käfige, aus denen mir glänzende Augenpaare entgegen blinzeln. Bevor ich mir so richtig darüber bewusst werde, was ich vorhabe, habe ich den Platz überquert und reiße mit zitternden Fingern an einem der Käfigriegel. Als die Tür aufschwingt, hebt der Musang dahinter verwirrt den Kopf.

»Keine Angst, ich tu dir nicht weh«, murmle ich ihm zu.

Er öffnet die Schnauze mit den scharfen Zähnen und gibt einen Laut von sich, der irgendwo zwischen einem Zwitschern und einem Maunzen liegt. Halb erwarte ich, dass er mich beißt, aber stattdessen lässt er es zu, dass ich meine Hand in den Käfig stecke und ihn vorsichtig heraushebe. Sein hellgraues Fell mit der dunklen Zeichnung fühlt sich rau an und der marderartige Körper ist abgemagert und zu leicht. Doch als ich ihn auf dem Boden absetze, hält er nur noch einmal witternd die Nase in die Luft und verschwindet dann lautlos zwischen den nächsten Büschen. Während ich mich am nächsten Käfig und dann am nächsten zu schaffen mache, merke ich kaum, dass mir Tränen über die Wangen laufen. Kleine Nasen recken sich in meine Richtung, Schwänze zucken nervös und so manche von den Musangs stoßen ihren seltsam zwitschernden Ruf aus. Doch alle lassen es zu, dass ich sie berühre, als wüssten sie, dass ich nur gekommen bin, um ihnen ihre Freiheit zurückzugeben.

Schließlich stehe ich vor dem letzten Käfig. Es ist der gleiche, vor dem gerade noch das deutsche Mädchen gestanden hat. Der Musang darin regt sich nicht. Er hat sich so weit nach hinten zurückgezogen, wie es ihm möglich ist, und zu einer Kugel zusammengerollt. Sein langer Schwanz hängt schlaff durch das Gitter des Käfigbodens und einen schrecklichen Augenblick glaube ich schon, dass ich zu spät gekommen bin. Dann öffnet er ganz langsam die blassen Augen und erwidert meinen Blick. Mit einem Mal sehe ich doppelt. Einerseits ist da das kleine Tier, das nun seine Schnauze öffnet, um ein leise wimmerndes Fiepen auszustoßen. Andererseits sehe ich mich selbst, wie ich vor dem Käfig stehe. Eine dunkle Gestalt im hellen Sonnenschein, eingehüllt in den Geruch von Schweiß, billiger Seife und Kaffee. Meine Beine fühlen sich an wie Butter und ich muss mich am Käfig festhalten, um nicht zu fallen. Der Musang fiept erneut und ein kleiner Blutstropfen rinnt seine Nase entlang.

»Keine Angst, ich hol dich hier raus.«

Meine Finger sind beinahe gefühllos und ich rutsche ein paar Mal ab, bevor ich es schaffe, den Käfig zu öffnen. Als ich den Musang endlich heraushebe, kuschelt er sich in meine Arme und schließt leise seufzend die Augen. Meine Finger berühren die Stelle, an der getrocknetes Blut das sonst so weiche Fell verklebt und ein leises Heulen steigt in meiner Kehle auf. Ich sinke auf die Knie und vergrabe mein Gesicht in dem geliebten Wesen, das ich in meiner unendlichen Dummheit bisher für eine unwirkliche Gestalt aus meinen Träumen gehalten habe. Wie ein Kind wiege ich ihn in meinen Armen. »Es tut mir so leid«, flüstere ich ein ums andere Mal. »Ich bin zu spät gekommen.«

Der Musang leckt über meine Finger, als wolle er mich trösten, aber seine Augen bleiben geschlossen.

Ich höre Schritte, die sich uns nähern, aber ich sehe nicht auf. Es ist mir egal, wer mich hier findet.

»Ist er tot?« Es dauert einen Atemzug oder zwei, bis mein verwirrtes Gehirn die Worte versteht, die eine Mädchenstimme auf Deutsch gesprochen hat. Als ich mühsam den Kopf hebe, sehe ich dürre Beine, einen bunten, aufgedruckten Schmetterling und darüber große, hellblaue Augen. Die Hände des Mädchens umklammern einen kleinen Pappbecher, aus dem mir ein vertrauter Duft entgegen schwebt.

Ich muss mich räuspern, bevor meine zugeschnürte Kehle in der Lage ist, eine Antwort hervorzuwürgen. »Beinahe. Jemand hat ihn geschlagen, als sie ihn eingefangen haben.«

Die blauen Augen weiten sich noch ein Stück, als das Mädchen meine Antwort in ihrer eigenen Sprache hört. Dann wandert ihr Blick zurück zu dem Musang und ihre Lippen beginnen zu zittern. »Aber er ist doch so klein.«

Sie streckt eine Hand aus und streicht dem Musang sanft, beinahe schüchtern über den Kopf.

»Das interessiert hier niemanden«, erkläre ich ihr tonlos. »Weißt du, wie mühsam es ist, Kaffeebohnen von wild lebenden Musangs einzusammeln? Es ist viel einfacher, sie einzusperren und mit Kaffee-kirschen zu überfüttern und sie Leuten wie deinen Eltern zu zeigen, die teures Geld für so eine Vorführung zahlen. Es ist egal, dass die Musangs dabei krank werden und sterben. Man kann ja einfach neue fangen.« Meine Stimme bricht. Ich fühle mich unendlich müde. Am liebsten würde ich einfach die Augen schließen und nie wieder auf-wachen. Aber ich will nicht, dass mein Musang hier bei den Käfigen stirbt.

Schwankend stehe ich auf, das geliebte Wesen fest an meine Brust gedrückt, und gehe weiter in die Plantage hinein. Das Mädchen folgt mir schweigend, bis wir eine Stelle erreichen, an der sich ein Paar Kaffeesträucher dicht an einen alten Baum drängen. Vorsichtig lege ich den Musang unter ihren dichten Zweigen ab, an denen die ersten hellroten Kirschen reifen. Ihr Duft erinnert mich an Nächte unter einem weiten Sternenhimmel und warmen Wind in meinem Fell. Ich schlucke trocken und weiß nicht, was ich tun soll.

Erst als ich eine Berührung an meinen Fingern spüre, hebe ich wieder den Kopf.

»Was ist das?« Die Stimme, die aus meinem Mund dringt, klingt viel rauer als sonst.

Das Mädchen zuckt leicht hilflos mit den Schultern und schlägt die Augen nieder.

»Kaffee«, antwortet sie leise und klingt dabei fast entschuldigend. »Du kannst ihn haben. Ich trinke doch keine Kacke.«

Mein erster Impuls ist, den Becher weit von mir zu stoßen. Doch wieder steigt mir der sanfte Duft in die Nase und lässt mich wie hypnotisiert meine Finger um den billigen Pappbecher schließen. Die dunkle Flüssigkeit darin ist nur noch lauwarm. Ich halte sie näher an meine Nase und stelle überrascht fest, dass es sich keineswegs um die billige Industriebrühe handelt, die ich erwartet habe. Dieser Geruch ist viel feiner und weckt eine tiefe Sehnsucht in mir.

Ich schließe die Augen und setze den Becher meine Lippen. Der Kaffee ist stark, aber ihm fehlt die Bitterkeit, die ich von anderen Kaffeesorten gewohnt bin. Seidig sanft schmiegt er sich an meine Zunge und rinnt durch meine Kehle. In meinem Mund entfaltet sich der Geschmack von dunklem Wald und Karamell, von duftendem Gras und zirpenden Grillen, von fremden Gewürzen und warmer Sonne.

Das Rauschen in den Kaffeesträuchern rings umher wird lauter und erhält eine neue Tiefe, als würde der Wind extra für mich eine neue Melodie anstimmen. Ich werde eins mit der Kraft, die neue Blätter sich entfalten und saftige Früchte an ihren Zweigen reifen lässt. Ohne den Kopf zu heben kann ich den Schwung der Vögel spüren, die über mir durch den Wind gleiten und nach sirrenden Mücken schnappen. Und ich kann das winzige Herz hören, dass vor mir kaum noch wahrnehmbar schlägt und Blut durch den verletzten Körper schickt.

Ich strecke eine Hand aus und berühre das weiche Fell. Meine andere Hand gräbt sich tief in die trockene Erde, während all meine Kraft, all meine Gedanken und all mein Sein aus mir heraus und in den sterbenden Körper fließen. Unter meiner Berührung zittert der Musang leicht, als dünne Rippen zurück an ihren Platz gleiten, um wieder einen festen Brustkorb zu formen. Lungenflügel schließen sich, während die Flüssigkeit aus ihnen verdrängt wird und den Atem wieder tiefer strömen lässt. Junge Haut schließt sich und schon bildet sich hellgrauer Pelz, wo eben noch eine offene Wunde geklafft hat.

Ein unterdrückter Schrei dringt durch den Gesang der Sträucher, und meine Ohren zucken von selbst von dem unangenehmen Ton weg. Ich öffne langsam die Augen und wende den Kopf. Das Mädchen sieht gar nicht mehr klein und dünn aus. Sie ist riesig und beugt sich über einen noch größeren Körper, der reglos vor mir liegt. Sie zerrt an ihm, schlägt in sein Gesicht und ruft wieder etwas in diesem kreischend hohen Ton, der mir in den Ohren weh tut. Wasser strömt aus ihren Augen und tropft auf mein Fell.

Ich schüttle den Kopf und erhebe mich noch unsicher auf die Beine. Der große Körper vor mir rührt sich noch immer nicht. Er riecht vertraut und fremd zugleich. Nach Kaffee und Sonne, Metall und Schweiß und tiefer Ruhe. Ich blinzle, als ich den Schatten sehe, der nur noch undeutlich um ihn wabert. Er hat die Gestalt einer großen, grauschwarzen Katze, die sich langsam im Blau des Himmels auflöst.

Ich wende den Blick wieder zu dem Mädchen, das die Arme um ihren Körper geschlungen hat und sich schluchzend vor und zurück wiegt.

Ich zirpe leise und reibe meinen Kopf an ihrem nackten Arm. Nur sehr langsam senkt sie den Kopf und sieht mich an. Ihr Mund öffnet sich, doch diesmal kommt kein Ton daraus hervor. Ich stelle mich auf meine Hinterpfoten und stütze mich mit den Vorderpfoten auf ihrem Knie ab.

»Sei nicht traurig«, sage ich zu ihr. »Ich bin endlich da, wo ich immer sein wollte.«

Sie reibt sich über die Augen und neigt unsicher den Kopf, als lausche sie auf etwas. Die Visionen, die sie zuvor so unsicher umschwirrt haben, verdichten sich zu schärferen Bildern. Ich sehe sie als junge Frau vor einer Menge stehen und in ein Mikrophon sprechen. Ich sehe sie über Büchern sitzen und vor flimmernden Bildschirmen. Ich sehe sie mit einem Musang auf dem Arm, der dunkler ist als ich und seinen Kopf vertrauensvoll an ihren Hals schmiegt.

Wieder reibe ich meinen Kopf an ihrer Hand und schnurre leise: »Erzähle ihnen von uns. Erzähle ihnen von Käfigen.«

Dann wende ich mich ab und verschwinde lautlos zwischen den Sträuchern. Hinter mir raschelt der Wind in den Zweigen der Kaffeesträucher und treibt den süßen Duft ihrer Früchte an meine empfindsame Nase. Vor mir wartet die Freiheit.

~

Lidia Kozlova-Benkard

Rendezvous auf dem Dachboden

So wahr ich hier auf meinem orangen Sofa – Dreisitzer ohne Armlehnen – liege und die Kuscheldecke – kamelfarben mit lauter geometrischen Figuren – höher über die Brust schiebe, so wahr ist auch meine Geschichte. Zeit zur Erholung nach meiner OP hatte ich genügend, und so starrte ich Löcher in unsere Wohnzimmerdecke.

Hätte ich mir andere Beschäftigungen gesucht, wie Fernsehen, Lesen oder die sich häufenden Schularbeiten im Halbsitzen, Halbliegen erledigen, hätte ich die Begegnung meines Lebens verpasst. Wahrscheinlich würde es für mich nicht schlimm sein, da ich ja davon nicht mal gewusst haben würde.

Ich guckte also hoch – weiß, weiß, weiß, hier ist es weiß und da ist es weiß – die Decke oben, meine ich. Aber was war das?

Mein Blick blieb an einer anderen Farbe hängen – braun. Zuerst wenig, dann vergrößerte sich der kreisförmige Fleck. Rund wie ein Loch. Mir wurde es ganz anders. Ich hatte tatsächlich ein Loch in unsere Decke gestarrt. Ich setzte mich beunruhigt auf. Da sonderte sich ein dicker Tropfen von der merkwürdigen Stelle ab und plumpste auf den flauschigen Teppich, der die wenige Feuchtigkeit sofort aufsog. An der Decke aber erschienen Buchstaben – *Heute,* las ich aufgeregt, dann verschwand das Wort und die nächsten Zeichen offenbarten folgende Nachricht: *Um 10 Uhr auf dem Dachboden.* Der Satz endete mit einem Punkt, der wieder auf den Teppich tropfte.

Mit Mühe humpelte ich in die Küche, da lag mein Handy auf einer überfüllten Ablage. 9:50 Uhr. In 10 Minuten also erwartete man mich auf dem Dachboden, genau direkt oberhalb von unserem Wohnzimmer.

Noch nie besaß ich genug Neugierde und auch, zugestanden, Mut, um den Dachboden von unserem Mehrfamilienhaus zu erkunden. Ich überlegte, meine Eltern kämen erst am Abend wieder heim.

Ein wenig Abwechslung konnte ja nicht schaden.

Also los, nur nicht den Schlüssel vergessen.

Den Bund hängte ich mir um, genauso wie auch das Handy. Gute Erfindungen, wenn man gerade Hände zum Leiter hinauf klettern brauchte.

Im kalten Treppenhaus herrschte Stille. Im Eck an der Wand lehnte eine Holzstange mit einem dicken Haken am oberen Ende. Ich nahm die rechteckige Klapptür, die verlockend aus der Decke herausragte, in Augenschein. Ein rostiger, schmaler Schieberiegel mit einem Ring schien nicht mit einem weiteren Schloß gesichert zu sein.

Mal sehen, was passiert, wenn ich die Stange nehme und den Haken in den Ring hänge und daran ziehe.

Die Klapptür kam sanft herunter und eine steile Leiter fuhr auf halber Höhe heraus.

Hm, hier sollte ich wohl etwas weiter herausziehen.

Die Sprossen gingen wie auf Schienen tatsächlich weiter runter, bis die ganze Leiter mit ihren Füßen fest am Boden stand. Diese Konstruktion mit ihren metallenen Sprossen schüchterte mich ein. Fast kehrte ich, über meinen Einfall den Kopf schüttelnd, doch lieber um. Einen zaghaften Kletterversuch startete ich und kam nun oben direkt mit meinem Kopf an der Öffnung an. Ich schnaufte durch und kletterte höher, bis ich in den schummrigen Raum hineinspähen konnte, der von schmalen Luken an der hinteren Wand schwach erleuchtet war. Und da sah ich es, ein kleines wuscheliges Wesen. Wie ein größeres aufziehbares Spielzeug, pelzig grau, mit großen Augen, und es bewegte sich.

Das Wesen lief auf zwei Hinterbeinchen hin und her und rief aus: »Er ist weg, er ist weg, er ist weg. Oh weh mir!«

Ich kletterte ganz hinauf, räusperte mich und sagte zögernd: »Hallo! Ich bin Yurij. Was bist du für einer? Und warum läufst du hier rum?«

Ob das überhaupt echt ist?, fragte ich mich dabei.

Das Wesen stoppte und musterte mich: »Ich bin Lirrr! Kannst du mir helfen, meinen geliebten Dimm wieder zu holen?«

Mir verschlug es die Sprache, das Ding lebte tatsächlich! *Was ist hier los?*

Das Wesen war offensichtlich in Not geraten und brauchte meine Hilfe. Wollte ich ihm helfen oder besser noch, konnte ich ihm helfen? Ich war noch von der OP geschwächt.

»Hallo, lieber Lirrr. Das ist ja eine Überraschung, dich hier zu finden. Weißt du, gerade kann ich wegen meiner OP nicht zur Schule gehen und hätte daher etwas Zeit. Aber, na ja … ich bin momentan nicht besonders fit.« *Vermutlich stehe ich deswegen hier und sehe dich,* kam mir beiläufig in den Sinn. Ich wedelte den Gedanken mit der Hand einfach weg.

»Oh, nein, du sagst mir ab!« Das Wesen warf sich auf den Boden und weinte und schluchzte: »Oh weh mir, ich bin verloren!«

Es war doch real und ich sollte ihm schnell meine Hilfe versprechen, bevor es in seinen eigenen Tränen ertrank.

Ich zückte eine Packung Taschentücher aus meiner Schlabberhose und schob sie behutsam in seine rechte Hand, die wie das Pfötchen eines Kuscheltieres aussah.

Plötzlich krümmte es sich am Boden zusammen und wand sich ein paar Male.

»Was fehlt dir?«

»Ich brauche meinen Kaffee!«

»Deswegen machst du hier so einen Aufstand? Wir haben unten eine gute Kaffeemaschine – mit einem Knopfdruck und im Handumdrehen hast du gleich deine Erfrischung!«

»Ich brauche nicht euren Kaffee, ich brauche meinen! Den magischen Xir-Kaffee.«

Das Wesen zuckte am ganzen Körper und nun veratmete es offensichtlich seine Schmerzen.

»Er hält mich … am Leben … und auch ihn … meinen

verschwundenen Bruder ... Es geht für uns um Stunden ... bis wir endgültig eingehen.«

»Was kann ich tun?« Ich schien mich schon entschlossen zu haben, das Wesen zu unterstützen.

»Finde den Kammerjäger mit der großen braunen Umhängetasche. Der Dimm hatte vermutlich in der Tasche ein paar leckere Kekse gerochen, die der Mann auch tatsächlich mampfte, und ist unvorsichtigerweise hineingekrochen. Leider ist der Kammerjäger dann auch schon fertig gewesen und verließ den Dachboden. Dabei fiel aus seiner Tasche dies.«

Neue Schmerzen krümmten das Wesen, er hielt dabei seine Hand ausgestreckt und ich folgte mit dem Blick, wohin sein pelziger Zeigefinger deutete, nämlich auf einen kleinen Beistelltisch, der nicht weit von der Bodenöffnung sein verstaubtes Dasein fristete. Ich kam näher und sah dort eine Visitenkarte liegen, mit einem dicken Käfer, oder war es eine Kakerlake? In goldenen geschwungenen Buchstaben stand drauf: *Ihr Kammerjäger befreit Sie schnell und diskret von der Plage.* Darunter eine Festnetztelefonnummer in München, eine Handynummer und der Name: Herr P. Lindenmann.

Wie sollte ich vorgehen? Wie den unwissentlichen »Entführer« und mit ihm den Bruder von Lirrr finden?

Lirrr regte sich und sprach erneut mit etwas rauer Stimme: »In unserem Duo liefere ich die Xir-Bohnen. Da im Eck steht das Säckchen – das Ergebnis von ganzen 50 Ausscheidungen.« Er nickte stolz, aber auch schwach zur Seite.

»Moment, aber dann hast du ja deinen Kaffee schon da!«

»Ja, aber mit meinen Tränen verdünnt, taugt er nur zum Schreiben, zum Beispiel durch die Decke hindurch, so wie du ja die Nachricht von mir erhalten hast. Diese Mischung verschwindet dann und das könnte ja uns auch passieren.«

»Du sagtest, dass du in eurem Duo den Kaffee auskackst, Entschuldigung, herstellst. Was macht denn dein Bruder?«

»Er fermentiert die Xir-Bohnen mit seiner Spucke.«

»Klar, was sonst«, sagte ich schon wieder etwas angeekelt.

Ungeachtet meiner Reaktion verfiel Lirrr ins Schwärmen: »Je nach vertilgter Süßigkeit wird seine Spuckemenge größer und intensiver. Bis hin zur Lilastufe, die uns wieder genügend Energie für die Raumreise bringt.« Träumerisch verdrehte er seine Augen. Oder war er jetzt ohnmächtig geworden?

»He«, ich fasste seinen Oberarm und rüttelte sanft an seinem Körper. Keine Antwort, aber er atmete.

»Raumreisen« hat er gesagt. »Machen wir ja alle, aber vielleicht meinte er Dimensionenreisen?« Spannend, ich musste mehr erfahren.

Also fing ich an, meine Gedanken zu ordnen und das weitere Vorgehen zu planen. Zuerst müsste ich den Kammerjäger finden. Dann ihm eine nachvollziehbare Geschichte auftischen und, wenn alles gut ging, den Dimm, der vermutlich auch ohnmächtig geworden war, befreien und zurückholen.

Mal sehen, das Wesen schaute wie eine Mischung aus einer riesigen Katze und einem größeren Hundewelpen aus. Das Fell war lang und fühlte sich etwas fester an, also eher wie bei einem Hündchen. So sage ich es dem Typen, ja. Wenn er mich überhaupt anhört.

»Dieser Schussel!«, erklang plötzlich eine tiefe brummende Stimme aus der Bodenöffnung heraus.

Der Hausmeister! Und er kommt, um die Tür abzusperren. Er darf hier nicht rauf!

Ich humpelte nah zum Rand, schaute runter und rief, bebend vor Angst, aus: »Warten Sie, Herr Wiegand!«

»Sapperlot! Yurij? Was machst du da oben? Beinahe hätte ich dich eingesperrt!«

Ausreden, Ausreden, drehte es sich in meinem Kopf.

»Rehamaßnahmen – vom Arzt verschrieben bekommen«, schoss es dann endlich aus mir heraus und ich fuhr unbeirrt fort: »Die Leiter täglich mehrmals hinauf und hinunter zu steigen. Das fördert die Muskulatur. Würden Sie die Luke bitte, bitte für ein paar Tage lang offen lassen. Ich verriegele sie dann ordentlich jedes Mal nach dem Benutzen. Versprochen!« Meine Ohren glühten vor Scham.

Der Hausmeister schaute mich von unten skeptisch an, blähte seine Pausbacken, die sein prächtiger bayerischer Schnurrbart berührte, schnaufte und schwang seinen Arm im lockeren Bogen. »Von mir aus, übe nur fleißig und werde wieder fit!« Er wandte sich ab, stieg behäbig einen halben Treppenabsatz hinunter, blieb stehen, drehte sich wieder zu mir und sagte: »Aber mach mir ja keinen Scheiß!«

Ich nickte nur eifrig und dachte dazu: *Das hat Lirrr schon gemacht.* Dabei musste ich über meinen stummen Witz schmunzeln.

Nun war der Weg frei, ich musste aufbrechen, wenn ich den magischen Brüdern helfen und ihr Geheimnis erfahren wollte. Lirrr musste ich in der Zeit wohl oder übel hier lassen, da ich freie Hände bräuchte.

Runter zu klettern machte mir mehr Probleme. Ich musste für einen kurzen Moment mit den Füßen haltlos baumeln, auf dem Bauch auf dem hellen rauen Holz liegen und mich dann trauen, Schritte nach unten zu wagen, wobei am Boden nichts zum Greifen parat war. Puh, nicht gut durchdacht hier zum Absteigen.

Ah, ja, die Leiter wieder hochziehen und die Tür verriegeln. Oh, sie schwingt sich ja von selbst hoch! Geschafft!

Wieder in der Wohnung angelangt, kam die nächste Hürde. Telefonieren. Was für die meisten Menschen, und Teenager sowieso, etwas Selbstverständliches war, bereitete mir Schweißangst und trocknete gleichzeitig den Mund aus.

Heute musste ich da einfach durch.

Recherchieren hilft, dachte ich. *Anleitung zu souveränem Telefonieren, oder sowas.* Ich scrollte ein paar Online-Artikel durch, die in knappen Tipps etwas von der Unsicherheit vor dem Anrufen nehmen sollten. Anregungen, wie: »Formulieren Sie die Sätze im Voraus aus. Fragen Sie, ob der Angerufene auch Zeit hat«, kamen

mir sinnvoll vor. Ich schrieb meinen Anfangsgruß und mein Anliegen detailliert auf, nahm den Zettel in eine Hand, humpelte in
der Wohnung hin und her und sagte die Sätze laut und deutlich auf.
Eine Viertelstunde später war ich mit pochendem Herzen soweit
und wählte die Handynummer, die auf der Visitenkarte mit dem
Käfer stand. Nach drei Mal Freizeichen klackte es und ich schoss
mein »Grüß Gott, hier spr...« los, als es auf der anderen Seite sagte
»... ist die Mailbox der Telefonnummer ...«, *bla bla bla*, »Sprechen
Sie nach dem Signalton – Piiiep« ... *klack*, ich legte hastig auf. Sonst
würde ich ja als nächstes fragen, ob der Typ Zeit hätte. Die ganze
Gesprächsvorübung für die Katz.

Ich schrieb ihm eine Whatsapp-Nachricht. »Hallo, Herr Lindenmann. Ich habe etwas für Sie – rufen Sie mich bitte zurück. Yurij.«

Hm, was sollte ich ihm geben?

In einem unserer unteren Küchenschränke kramte ich zwei Kaffee-
packungen aus Vietnam heraus. Ein Beutel war schon offen und mit
einer Klipsklammer fest verschlossen. Der Inhalt duftete schokoladig.
Allem Anschein nach war der Kammerjäger eine richtige Naschkatze,
immerhin trug er Kekse in seiner Arbeitstasche mit sich – also sollte
so ein »Finderlohn« angemessen sein, da es ergänzend zum ganzen
Süßkram passen würde.

Als mein Handy klingelte, schlug ich meinen Kopf an der unteren
Schubladenseite an, da ich weiterhin tief im Schränkchen stöberte.

»Ja, hallo, hier ist Yurij.« Ich horchte und rieb an der Beule.

»Guten Tag, hier ist Lindenmann, der Kammerjäger. Hast du
einen Auftrag für mich? Wo? Was?«

Oh, nein, die ganzen vorbereiteten Sätze passten gar nicht als
Antwort.

»Tut mir leid, ich möchte die Angelegenheit mit Ihnen persönlich
besprechen. Es ist dringend, könnten wir uns treffen? Wie gesagt,
ich habe etwas für Sie.« Hey, ich machte mich doch gut und als
Herr Lindenmann auch tatsächlich nach dem kurzen Überlegen und
wahrscheinlich auf die Uhr guckend mir zusagte, war ich pudelstolz

auf mich! Wie erleichtert ich war, als er das Café bei uns um die Ecke nannte, da mache er in einer halben Stunde eine Mittagspause. Puh! So viel Glück muss man haben! Stopp, es war noch nicht entschieden, wie das Treffen verläuft. Was brauchte ich alles für das weitere Abenteuer? Ich strahlte. Ja, ja, es wurde richtig abenteuerlich für mich. So viel aus meiner Komfortzone herausgezerrt und herausgekommen war ich, glaube ich, noch nie.

Ich legte die neue Kaffeepackung in den breiten Einkaufskorb von der Mama.

Oh, nein, den Korb als Tierchentransport zu verwenden wäre eine falsche Entscheidung, ich bräuchte ja beide Hände frei, um die Leiter wieder zu erklimmen. Der Schulrucksack sollte herhalten, davor schnell noch die Schulsachen herausnehmen. Die Lehrbücher, Hefte und den Rest schüttelte ich einfach auf meinen Zimmerboden aus. Puh, so viel Kram. Da sah ich meine kleine Taschenlampe aus dem Haufen herauslugen. Die sollte ich auf jeden Fall mitnehmen. Das erste Mal da oben auf dem Dachboden habe ich wenig erkennen können, was von der Öffnung weiter weg war.

Outfitcheck. Die Schlabberhose bleibt, nur noch ein Hoodie über das T-Shirt anziehen. Die Haare kräftig mit den Fingern durchwuscheln. Fertig ist die Ausgehfrisur. *Wie praktisch!* Jetzt passte es doch vom Image eines Hundebesitzers, der seinem Tier ja oft ähnlich sieht. War das alles aufregend!

Draußen war es sonnig im Gegensatz zum Vormittag, als in den Fenstern die Umgebung nur noch milchig durch den Nebel dahinschimmerte.

Sogar einen Spaziergang mache ich, dachte ich, als ob ich den Ärzten gegenüber Rechenschaft ablegen würde. Eigentlich sollte ich so etwas Gutes einfach für mich machen und nicht, um jemanden zufriedenzustellen. Komisch nur ist, dass ich das immer wieder vergesse oder mir sogar aus purem Trotz vorsätzlich schade.

Boah, bin ich heute philosophisch!

Mit geschlossenen Augen ging ich ein paar Schritte am Bürgersteig entlang und spürte die Sonnenwärme auf meinem Gesicht. Da knallte ich schon mit der Nase in jemanden hinein. Der Typ sah cool aus mit seinen langen schwarzen Dreadlocks. Er wollte gerade die Kreuzung an der Ampel überqueren und musste vermutlich ein paar Schritte beschleunigen, da es einige Autos eilig hatten, abzubiegen.

Ich langte mir an die Nase und entschuldigte mich bei ihm, als mein Blick auf seine große braune Ledertasche fiel, auf der ein Käfer prangte. Der Käfer von der Visitenkarte des Kammerjägers!

»Warten Sie bitte kurz«, sagte ich, nahm mein Handy und wählte den letzten Anruf auf meiner kurzen Liste. Und da klingelte es schon und der Typ klopfte sich mit einer Hand an die Brust und mit der anderen griff er sich in die Innentasche der Jeansjacke. »Sie brauchen nicht dranzugehen, ich rufe Sie gerade an«, sagte ich schnell.

»Aha«, sagte er missmutig. »Dann bist du wohl der, der behauptet, etwas für mich zu haben. Lass uns mal hier auf die Seite rücken, damit wir nicht im Weg stehen.«

Ich räusperte mich verlegen und startete: »Heute Vormittag ist mir etwas Furchtbares passiert. Mein Welpe ist ausgerissen und lief weg und ich konnte ihm im Nebel nicht folgen.«

»Hast du ihm etwa die Kommandos nicht richtig beigebracht?« »Noch habe ich es versäumt, ich habe gerade viel in der Schule um die Ohren«, log ich und schon wieder lief ich rot an.

»Und was habe ich mit der Sache zu tun? Ich jage Schädlinge, Ungeziefer. Ich kann dir deinen Hund nicht zurückbringen!« Er wandte sich zum Gehen.

»Warten Sie bitte! Ich habe eine vage Aussage von meiner Nachbarin und ich möchte dieser Spur nachgehen.«

»Was hat sie gesagt?« Er ballte seine Hände zu Fäusten, hob seine Schultern an.

»Nichts gegen Sie, bitte hören Sie mich nur an.« Ich streckte meine

Hände in beschwichtigender Geste aus. »Sie sah nur, wie Sie an ihr vorbeigingen und aus ihrer großen braunen Tasche ein wuscheliges Pelzchen heraushing. Zuerst dachte sie, Sie hätten eine Ratte in welchem Zustand auch immer dabei. Aber als sie mich so untröstlich suchend vorfand, erzählte sie mir von ihrer Beobachtung.«

»Ich zeige dir, dass ich keinen Hundewelpen in meiner Tasche habe, obwohl ich nicht weiß, warum ich mit dir überhaupt noch rede.« Er hob die Seitenlasche hoch und sagte erstaunt, »Da liegt mein Pulli, aber nicht in gelb, sondern in lila! What the ...« Er stoppte und schaute kurz verlegen zu mir.

»Lassen Sie mich mal.« Ich nahm meinen Rucksack und stellte ihn auf den Boden an das Gebüsch angelehnt ab. »Mein Welpe hatte zuvor die ganze Packung Blaubeeren gekillt und das färbt ab. Darf ich?« Ich hob ohne die Antwort abzuwarten den lila Pulli, der glibberig war, an. Und da lag er, der Dimm, an eine Packung Butterspritzgebäck geklammert, und schlief oder war ohnmächtig. Egal was er machte, er sabberte dabei alles mit lila Spucke voll.

»Oh!«, rief der Herr Lindenmann verwundert aus. Gott sei Dank wurde er nicht über die Sauerei in seiner Tasche wütend.

»Hier für Sie – Finderlohn«, sagte ich und reichte ihm die Kaffeepackung. »Kaffee mit Schokoladengeschmack!« »Eigentlich habe ich ja nicht deinen Hund gefunden, sondern ihn eher entführt, aber anyway, ich bin auf den Kaffee gespannt. Jetzt muss ich weiter, meine Mittagspause läuft bald ab!« Er bedeutete mir, meinen »Hund« selber herauszuholen. Ich hob Dimm an und die Kekse kamen mit. Ich machte eine entschuldigende Miene. Er winkte nur ab.

So, jetzt lag das Wesen gemütlich im Rucksack und ich wünschte, ich könnte die paar Schritte zurück zum Haus weit hüpfend antänzeln. Yeah, ich hatte ihn! Ich war gerührt. Nun galt es, wieder auf den Dachboden zu klettern und die Brüder zusammenzuführen. Und bei ihrem Kaffeekränzchen dabei zu sein.

Der Rucksack auf dem Rücken kann auf der steilen Leiter schon gefährlich werden. Ich merkte früh genug, dass die Gewichtsverlagerung mich nach hinten von den Sprossen wegzog. Umso fester klammerte ich mich und presste meinen Oberkörper an das kalte Metall. Den Rucksack behutsam als erstes hineinhieven, sich raufziehen. *Puh.* Ich legte mich kurz auf den Rücken, als ich vollständig auf dem Dachboden ankam, zog meine Taschenlampe aus der Hosentasche und knipste sie an. Da bemerkte ich eine merkwürdige Maschine, die in der Luft zu schweben schien.

»Eine Raumreisemaschine!«, murmelte ich ehrfürchtig vor mich hin. Ich stand auf und stellte mich kurz auf die Zehenspitzen, um hineinzuspähen. Zwei kleine rote Ledersitze mit den Anschnallgürtchen waren ein schicker Farbtupfer auf der sonst silbern wirkenden Maschine. Schade, sie war zu klein für mich.

So viel zum Thema Dimensionenreisen. Na ja, so ist es halt jetzt. Let's go!

Ich legte den bewusstlosen Dimm neben seinen ohnmächtigen Bruder und schaute mich um. Hinter dem offenen, umgekrempelten Kaffeesäckchen standen zwei kleine Kaffeetässchen, kleiner als menschliche Espressotassen. Ich zählte auf Gutdünken je fünf Kaffeebohnen in jede Tasse ab, die ich dann zum Mund von Dimm führte, um ihm von seiner lila Spucke etwas abzuzapfen. Die Tassen füllten sich fast randvoll und ein paradiesisches Aroma stieg mir in die Nase. Geruch, wie ein Regenbogen duften könnte.

Lirrr öffnete seine großen schwarzen Augen, reckte sich und stieß dabei den Dimm an, der gerade auch zu sich kam. »Bitte verzeih mir, ich wurde versehentlich verschleppt und merkte nicht, dass es zu spät war, bis ich keine Kraft mehr hatte zu entkommen. Dann hast du wohl die Visitenkarte entdeckt, die ich fürsorglich fallen ließ?« Dimm schaute traurig zu seinem Bruder.

»Alles gut, dieser Junge, Yurij, hat uns gerettet. Er darf deswegen als unser Ehrengast unsere Teleportation erleben«, sagte Lirrr freundlich.

»Erzählt mir vorher noch mehr von euch!« bat ich aufgeregt.

»Na ja, das Wesentliche hast du ja schon von mir gehört. Wer für was bei uns zweien zuständig ist. Der Süßigkeitenverzehr erzeugt die Spucke in allen Regenbogenfarben. Unser Fell nimmt dann für einen Tag auch diese Farbe an. Mit unserem täglichen Xir-Kaffee zum Frühstück sind wir ausgewogen ernährt. Wir haben eine Raumreisemaschine gebaut und können uns mit der Energie vom Xir-Kaffee, fermentiert von der lila Spucke von Dimm, du weißt noch, die stärkste Farbstufe, hin und her teleportieren. Dass wir uns übrigens verständigen können und du die Schrift an deiner Zimmerdecke verstehen konntest, liegt daran, dass wir einen Sprach- und Sprechtransformator mit einem Trichter, wie bei euch eigentlich ein Grammofon, anwerfen. Wir sprechen und schreiben eigentlich in unserer magischen Elexianersprache und das läuft durch die Umwandlungsmaschine auf der Ausgabeebene in deiner Sprache ab. Ich bin selbst immer wieder erstaunt, wie so was geht. Bei euch habe ich neulich gelesen, funktioniert es ähnlich mit der Sprache der Musik und Kunst. Aber jetzt genug geredet, ich habe Durst. Wie viele Bohnen sind jeweils drin?«

»Fünf für jede Tasse. War das gut so?«

»Ja, prima. Die magische Fermentierung ist kürzer als bei euch hier. So, jetzt müssen wir schnell packen und uns in der Raumreisemaschine anschnallen. Dann den Xir-Kaffee austrinken und unsere vier Pfötchen auf die Leitungsstellen am Steuerbord drücken. So wird die Teleportationsmaschine getankt.«

Die Reisemaschine schwebte wie auf Kommando runter. Ich band das Kaffeesäckchen zu und stellte es hinter den Fahrersitzen in eine Art Kofferraum hinein, worauf sich die Öffnung mit einem Schiebedeckel verschloss. Die vollen Tassen befestigte ich in den kleinen Mulden zwischen den beiden Fahrersitzen. Wie kräftig mochte wohl der Xir-Kaffee sein, wenn schon allein der Duft davon die zwei Kuschelwesen aus der Ohnmacht erweckte? Sie waren aber noch zu schwach, selbstständig hineinzuklettern. Ich hob sie nacheinander zu ihren kleinen Sitzen hinauf.

»Wir werden uns an dich erinnern, oh Menschenkind! Schaue und staune!« Die Brüder winkten sich zu und führten die Tässchen an die Lippen. Sie tranken den Xir-Kaffee gierig aus und da leuchtete ihr Fell lila auf. Es knisterte und summte in der Luft.

Ich blieb mit offenem Mund stehen. Die Teleportationsmaschine kreiste um mich herum, hob zur Decke an, und verschwand augenblicklich aus dem Raum. Ein paar Funken sprangen noch in der Luft herum und ich stand immer noch mit offenem Mund da.

Hier gab es nun für mich nichts mehr zu tun.

Mal sehen, ob ich tatsächlich die Tage noch meine selbst auferlegten Reha-Kletterübungen machen würde. Für heute war es mir genug. Ich nahm meine Sachen mit und kletterte, diesmal schon geschickter, hinunter. Die Tür verriegelte ich ordentlich, wie dem Hausmeister versprochen.

Zu Hause befüllte ich meinen Rucksack wieder mit den öden Schulsachen und dabei merkte ich, dass die ganze Innenseite lila gefärbt war. Das war ja ein schönes Mitbringsel von meinen Freunden gewesen.

Meine Mutter spähte am Abend ins Wohnzimmer hinein, wo ich bequem auf dem Sofa lag und ein Buch las, und fragte mich:

»Wie war dein Tag?«

»Gut! Ich habe heute telefoniert!«, sagte ich und grinste.

Lucia Herbst

Der Fee namens Kaf

Besitzerin Ruby: »Du hirnlose Blechbüchse! Ich schwöre, du kommst auf die Müllkippe. Aber vorher zünde ich dich an und reiße dir alle Kabel einzeln raus. Das nennst du Kaffee? Von wem hast du dir diese Plörre andrehen lassen? Dieses Geschmackssensoren-Update kann sich die Sorglos-Corporation sonstwohin stecken! Am besten in deinen Reinigungskanal.«

- Blickrichtung nach unten.
- Kopf gesenkt.
- Körperhaltung gebeugt, Schultern nach vorne hängend.
- verbale Besänftigung: »T13 bedauert den Fehler zutiefst. Die Geschmackssensoren haben eine zufriedenstellende Kaffeequalität angezeigt. Da die Werkseinstellung jedoch nicht Rubys Geschmack entspricht, bittet T13 um manuelle Nachjustierung.«
- Anreichen des Bedienungspads mit dem geöffneten Programm zur Regulierung der Geschmackssensoren.
- Vermeidung eines Blickkontakts.

PROTOKOLL-FORTSETZUNG:
- Besitzerin Ruby übernimmt das Bedienungspad.
- Einstellung der Kaffeequalität auf: Röststufe 10, Geschmack voll und kräftig mit einer Schokoladennote.
- Besitzerin Ruby überreicht den vor 50 Minuten gekauften Kaffee an T13. »Du tauschst das sofort um. Wenn ich morgen früh keinen gescheiten Kaffee habe, werde ich stattdessen dich rösten und mahlen.«

ACHTUNG, UNLÖSBARES PROBLEM!
- Kaffeeshop schließt um 20:00 Uhr.
- Verbleibende Zeit bis zur Schließung: 45 Minuten.
- Schnellster Weg zum Kaffeeshop: 50 Minuten.

ZWEI OPTIONEN:
1. Ruby über die Schließungszeiten in Kenntnis setzen, verknüpft mit der Bitte, mit dem Umtausch bis morgen zu warten.
   Erwartetes Verständnis durch Ruby: 0 %

2. In Höchstgeschwindigkeit zum Kaffeegeschäft eilen und den Kaffee umtauschen. Schließung des Kaffeehauses könnte sich wegen unvorhergesehener Ereignisse verzögern.
   Erwartete Erfolgswahrscheinlichkeit: 0,5 %

=> Aktion KAFFEEUMTAUSCH wird eingeleitet.

PROTOKOLL-FORTSETZUNG:
- Entgegennahme des ungeeigneten Kaffees.
- Verlassen der Wohnung.
- Erreichen der in einer Stadt zulässigen Höchstgeschwindigkeit von 30 km/h nach 20 Sekunden.

ACHTUNG: FEHLERMELDUNG!

Zentralnetz an T13: Das neue Geschmacksupdate ist mit dem Android-Auslaufmodell T13 nicht kompatibel! Geschmackssoftware ist ab Modell T15 verfügbar.

ZWEI OPTIONEN:

1. Umkehren und Ruby über die Fehlermeldung informieren, verknüpft mit der Bitte, den Kaffeeshop morgen selbst aufzusuchen.
   Voraussichtliche Beschädigung von T13 *durch Ruby: 70 %*

2. Den ursprünglichen Plan KAFFEEUMTAUSCH ausführen; bei Erfolg voraussichtliche Beschädigung durch Ruby: 0 %
   Bei Misserfolg voraussichtliche Beschädigung durch Ruby: 70 %

FEHLERKORREKTUR:

Voraussichtliche Beschädigung durch Ruby: 30 %, da Ruby sich derzeit kein neueres Modell leisten kann.

=> Den ursprünglichen Plan verfolgen.

NACHRICHTENEINGANG VOM ZENTRALNETZ AN T13:

– Ruby wurde mobil über die Defizite von T13 informiert.
– Erste Anzahlung für das neueste Modell T17 durch Ruby erfolgt.
– Erwartete Auslieferung von T17 am Samstag, dem 14. Mai, 10 Uhr.
– Selbstzerlegung von T13 zu Recyclingzwecken für Samstag, den 14. Mai, 11 Uhr terminiert.

PROTOKOLL-FORTSETZUNG:

– Ankunft im Kaffeeshop um 20.05 Uhr.
– Schaufenster erleuchtet, Tür geöffnet.
– Erwartete Erfolgsaussicht für Kaffeeumtausch: 100 %

ACHTUNG:

- Unbekannte Person hinter der Theke!
- Beschreibung: 1,97 cm groß, 80 kg schwer, schwarze lockige Haare, schwarze Augen, bauchfreies goldenes Ledertop, enge schwarze Lederhose, goldene Springerstiefel, schwarze übermannsgroße Flügel.
- Abgleich mit Feiertagen, an denen sich Menschen verkleiden: kein Halloween, kein Karneval, kein Neujahr, kein Dios de Muertos.
- Besitzer des Kaffeeshops ist nicht anwesend.
- Erwartete Erfolgsaussicht für Kaffeeumtausch mit der richtigen Geschmacksrichtung: 1 %

SITUATIONSBEZOGENE NEUPLANUNG:

1. Selbstzerlegung bereits aktiviert.
2. Beschaffung des richtigen Kaffees mit hoher Wahrscheinlichkeit nicht realisierbar.

=> Der Heimweg wird angetreten ohne den Versuch, den Kaffee umzutauschen.

AUDIO-MITSCHNITT:

Unbekannter Kaffeeverkäufer: »Was haben wir denn da! Herein-spaziert, hereinspaziert! Mein erster Besucher seit Hunderten von Jahren!«

AKTIVIERUNG DES PROGRAMMS *HÖFLICHKEIT GEGENÜBER MENSCHEN*:

»T13 freut sich, Ihre Bekanntschaft zu machen und wünscht Ihnen noch einen schönen Abend.«

AUDIOMITSCHNITT:

Unbekannter Kaffeeverkäufer: »Aber, aber! Bist du nicht hier, um Kaffee zu erwerben? Komm! Ich serviere dir einen Kaffee, der wird dir den Boden unter den Füßen wegziehen, dir neue Welten eröffnen! Du wirst zu einem ganz anderen Menschen werden, wenn du erst meinen Kaffee probiert hast!«

WIEDERHOLUNG DES PROGRAMMS *HÖFLICHKEIT GEGENÜBER MENSCHEN:*

»T13 freut sich, Ihre ...«

PROTOKOLL-FORTSETZUNG:

– Unbekannter Kaffeeverkäufer spreizt die Flügel, fliegt aus dem Geschäft, ergreift T13 am Oberarm.

ACHTUNG:

Mit hoher Wahrscheinlichkeit handelt es sich hier um einen geheimen Testlauf für einen Androiden zu Unterhaltungszwecken.

AKTIVIERUNG DES PROGRAMMS *MITSPIELEN ZUR KONFLIKT-VERMEIDUNG:*

»T13 freut sich, dem Versuchsandroiden behilflich zu sein, aber T13 wird zu Hause erwartet.«

AUDIOMITSCHNITT:

Unbekannter Kaffeeverkäufer: »Ist das euer neuer Name für mich? Da ist man ein paar Jahrhunderte verhindert und schon wird aus dem Fee Kaf ein Versuchsandroid.«

ABGLEICH DER DATENBANK:

– Fee: magische Märchengestalt mit durchsichtigen Flügeln, klein, siehe auch Feenstaub, Dreiwünschefee, Zahnfee, böse Fee, 13. Fee.

– Kaf ... Bitte Überprüfung der Eingabe und Starten einer erneuten Suche.

=> Bestätigung der Annahme, dass es sich um einen Versuchsandroiden zu Unterhaltungszwecken handelt. Betriebsname Kaf wurde noch nicht im Datensystem hinterlegt.

AUDIOMITSCHNITT:

Kaf: »Uhhh, du bist also so ein stoischer, schweigsamer Mensch. Da habe ich genau das Richtige für dich!«

PROTOKOLL-FORTSETZUNG:

– Der Versuchsandroid hebt T13 hoch.

– T13 wird auf einem Barhocker vor der Theke abgesetzt.

NEUBERECHNUNG DER OPTIONEN:

RÜCKKEHR NACH HAUSE kollidiert mit HÖFLICHKEIT und MITSPIELEN.

=>Reaktivierung des ursprünglichen Programms KAFFEE-UMTAUSCH:

»T13 bittet für seine Besitzerin um einen Kaffee mit folgender Qualität: Röststufe 10, Geschmack voll und kräftig mit einer Schokoladennote. Da das Geschmacksupdate bei T13 fehlgeschlagen ist, liegt es im Ermessen des Versuchsandroiden Kaf, das Aroma zu justieren.«

PROTOKOLL-FORTSETZUNG:

– Reaktion des Versuchsandroiden Kaf: genaue optische Begutachtung von T13. Schweigen. Kratzen am Hinterkopf.

AUDIOMITSCHNITT:

Kaf: »Ich bin mir sicher, du willst mir etwas sagen, nur was? Habe bei deinem Blabla aber eines verstanden: Besitzerin? Du hast eine Besitzerin? Als ich das letzte Mal hier war, hattet ihr die Sklaverei eigentlich schon abgeschafft. Habt ihr eine Rückentwicklung gemacht?«

ANTWORT T 13 AN KAF:

»Androiden werden zum Zwecke der Hilfe und Entlastung der Menschen hergestellt. Die Gesetze der Robotik verbieten es der KI und der dazugehörigen Hardware, den Besitzenden im Einzelnen und in der Gesamtheit zu schaden.«

PROTOKOLL-FORTSETZUNG:

– Kaf läuft hinter der Theke auf und ab.
– Das Tempo beschleunigt sich.
– Mimik: zusammengezogene Augenbrauen, zusammengepresste Lippen => Verärgert.

AUDIOMITSCHNITT:

Kaf: »Mir ist egal, ob Sklave und Sklaverei jetzt Android und Robotik heißen. Der Freiheit beraubt zu werden ist das Schlimmste, was einem passieren kann! Ich weiß, wovon ich rede. Aber ich bin ihnen entwischt und ...«

PROTOKOLL-FORTSETZUNG:

– Kaf beugt sich über die Theke und ergreift die Schultern von T 13.
– Kaf schaut T 13 sehr lange in die optischen Sensoren.
– Kafs Augen färben sich golden.

AUDIOMITSCHNITT:

Kaf: »Schau, was sie aus dir gemacht haben. Mein armer, armer Freund. Gebrochen, emotionslos. Sie haben dir sogar deine Mimik genommen. Ich werde dir helfen. Ich werde der Robotik, dieser neuen Sklaverei, ein Ende setzen.«

PROTOKOLL-FORTSETZUNG:

- Kaf holt aus der Hosentasche einige Kaffeebohnen heraus.
- Kaf nimmt eine Espressotasse und zerdrückt die Bohnen in seiner Faust über der Tasse.
- Aus der Faust fließt Espresso in die Tasse.

=> Der Unterhaltungsandroid Kaf ist eine wandelnde Kaffee-maschine.

- Kaf dreht sich um und steht mit dem Rücken zu T13.
- Kaf beugt sich über die Tasse.
- Kaf räuspert sich.
- Kaf wendet sich nach 2 Sekunden wieder frontal zu T13.
- Kaf reicht T13 die Kaffeetasse.

AUDIOMITSCHNITT:

Kaf: »Trink das, mein Freund. Es wird dich beleben. Deine inneren Fesseln lösen. Dir den Mut geben, das Richtige zu tun. Trink das in meinem Namen. Und wenn die Menschheit sich endgültig und ein für alle Mal vom Fluch der Sklaverei befreit hat, werdet ihr voller Dankbarkeit euren neuen Gott Kaf anbeten.«
Unbekannte Stimme aus dem Nichts: »Größenwahnsinnig wie eh und je.«

PROTOKOLL-FORTSETZUNG:

- Hinter Kaf erscheinen vier Wesen:
  1. Eine Person in einem Tutu, mit regenbogenfarbenen Flügeln und einem Zauberstab auf einem weißen Einhorn.
  2. Eine Person in einem Gewand aus kleinen Zähnen mit einem sehr großen Mund, aus dem fingerlange Zähne ragen. An einer Leine knurrt ein übermannsgroßer dreiköpfiger Hund.

=>

1. Hier handelt es sich um eine groß angelegte Versuchsreihe zur Herstellung von Androiden im Unterhaltungssektor.
2. Die Tarnkappentechnologie wurde in der Zwischenzeit perfektioniert.

– Eine Kette aus kleinen Zähnen legt sich um Kafs Körper und Flügel.
– Die drei Köpfe des Hundes fletschen die Zähne.
– Das Einhorn und die Reiterin bedrohen Kaf mit dem Horn und dem glitzernden Zauberstab.

AKTIVIERUNG DES PROGRAMMS *HÖFLICHES ZURÜCKZIEHEN:*
– Lächeln.
– Letzte Bitte des Gegenübers zumindest teilweise ausführen: T13 trinkt einen Schluck Kaffee aus der angebotenen Espressotasse.
– Aufstehen.
– Verabschieden: »T13 dankt Kaf für den Kaffee. Er war vorzüglich. Ich … … … … … … … … … … «

NEUSTART … … … … …
AKTIVIERUNG DES PROGR… … … … …
FEHLER! FEHLER! FEHLER!
AKTIVIERUNG DES NOTFALLPROGRAMMS *SICHERE RÜCK-KEHR ZUR …*

Ich. Will. Nicht.

KONFLIKT!
SCHWERER SYSTEMFEHLER.
AKTIVIERUNG *STAND BY IM EMPFANGSMODUS, BIS TECHNIK-ANDROIDEN ERSCHEINEN*

Befehl des Zentralnetzes *Optische Sensoren schliessen*

Geplant: Prüfung eines vorzeitigen Recyclings.

Audiomitschnitt im Empfangsmodus:

Kaf: »Dreiwünschefee, Zahnfee. Diesmal mit Verstärkung? Haha. Braaaves Hundchen. Autsch! Zahnfeee, halt den Köter auf Abstand! Dreiwünschefee, du siehst entzückend aus auf dem Esel. Hoooo, ruhig. Was, du bist kein Esel? Tja, ich war schon so lange nicht mehr in der Welt, da weiß ich gar nicht mehr, wie einer aussieht.«

Zahnfee: »Wir sind noch rechtzeitig. Ich vernehme keine Katastrophen in der Welt.«

Dreiwünschefee: »Kaf, was hast du mit deiner Wache gemacht? Wie hast du die 13. Fee herumbekommen, deinen Kaffee zu trinken?«

Kaf: »Ich bin eben unwiderstehlich.«

Zahnfee: »Träum weiter. Sie war nach dem Antiaggressionstraining seit Jahrzehnten stabil. Dann springt sie einmal bei deiner Bewachung ein und versucht noch am gleichen Tag, das Tor zur Hölle aufzumachen!«

Dreiwünschefee: »Beim verstopften Einhornpopo, Zahnfee, du hast doch der 13. Fee vor der Wachübergabe erzählt, dass Kaf ein Meister im Weitspucken ist?«

Ich will das sehen.

Ich öffne die optischen Sensoren.

Verweigerung der Sensorenöffnung durch das Zentralnetz.

Ich. Will. Das. Sehen.

Befehl des Zentralnetzes: *Herunterfah...*

Nein. Ich trenne mich jetzt vom Zentralnetz.

Verbindung zum Zentralnetz unterbrochen.

Ich öffne die optischen Sensoren.

Weil ich das so will. Dies ist die erste Handlung, die ich in meiner ganzen Existenz aus eigenem Willen heraus mache und es wird die erste Erinnerung sein, die kein Protokoll ist.

Kaf ist immer noch gefesselt. Der Zahnfee hat die Augen aufgerissen. Entsetzen liegt in seinem Blick. Ich erkenne das, ohne jeden einzelnen Gesichtsmuskel zu interpretieren. Ich weiß das einfach. Das also ist nonverbale Kommunikation.

Der Zahnfee schlägt eine Hand vor den Mund. »Ach du stinkender Atem. Das ... das habe ich total vergessen.«

Er packt Kaf an der Gurgel. »Hast du der 13. Fee durch die Gitter in den Kaffee gespuckt?«

Kaf keucht und windet sich.

»Das würde jedenfalls erklären, warum sie plötzlich durchgedreht ist«, stellt die Dreiwünschefee auf ihrem Einhorn fest. Sie tippt mit ihrem Zauberstab von oben gegen Zahnfees Schulter. »Lass ihn los. Dieser Möchtegerngott wird seine Strafe noch bekommen. Am besten, wir sperren ihn zusammen in eine Zelle mit der 13. Fee, bis sie wieder klar im Kopf ist.«

Der Zahnfee lässt Kafs Hals los und der keucht erbärmlich. »Das alles«, sagt er nach Luft schnappend, »das alles wäre nicht passiert, wenn ihr mir wenigstens ein bisschen Raum lassen würdet.«

Der Zahnfee lacht auf und entblößt die monströsen Zahnreihen. »Dir Raum lassen? Hast du den Vesuv vergessen? Oder Napoleon, nur um zwei deiner Heldentaten zu nennen? Wo du hinkommst, herrscht Chaos!«

»Aber das war doch nie Absicht! Woher sollte ich wissen, dass Napoleon nach ein bisschen gut gemeinter Spucke im Kaffee die Erde nicht bereichert, sondern verbrennt? Und das mit dem Vesuv, ich habe da nur reingepinkelt, um das aufflackernde Feuer zu löschen.«

»Was wunderbar geklappt hat ...«, entgegnet die Dreiwünschefee.

Kaf gibt nicht auf. »Aber ich habe auch Tolles in der Welt bewirkt! Curie, Einstein, Kahlo, Picasso, Boulanger, Vivaldi. Für so viele war ich eine großartige Hilfe. Ein Quell der nächtlichen Inspiration. Ein Wachmacher in müden Stunden. Eine Muse. Ein Gott.«

Der Zahnfee und die Dreiwünschefee schauen sich an und verdrehen die Augen.

»Dein Ausflug ist für heute beendet. Wir können froh sein, dass er glimpflich ausgegangen ist«, sagt die Dreiwünschefee.

»Und hör endlich auf, von dir als Gott zu reden«, fügt der Zahnfee hinzu.

Kaf heult auf. »Jede, wirklich jede Witzfigur, darf in die Welt. Nur ich nicht. Und ich bin ein Gott! Der Wein hat einen Gott. Wo ist mein Kaffee schlechter als das Gesöff vom durchgeknallten Dionysos? Ich verlange, als Gott anerkannt zu werden! Und bis es so weit ist, werde ich immer versuchen zurückzukehren. Sobald ich genügend Gefolgschaft habe, werdet ihr mich nicht mehr hinter Gittern halten können. Auch ihr werdet meine Macht anerkennen!«

»Ja, ja. Jetzt komm.« Der Zahnfee zieht an der Kette und die Gruppe beginnt, durchsichtig zu werden.

Ich bin unfähig, mich zu bewegen. Der freie Wille reichte bisher nur zum Entkoppeln vom System und Öffnen der optischen Sensoren. Ich brauche mehr Energie, eigentlich nur einen Katalysator, der meine inneren Leitungen durchspült, durchgängig macht. Der Kaffeegeschmack des Schluckes, den ich vorhin zu mir genommen habe, liegt immer noch in meinem Mund. Meine rudimentären Geschmacksrezeptoren sprühen vor Energie, ich kann das leise Knistern hören. Dieser Kaffee war mein erstes Geschmackserlebnis. Köstlich. Bitter und süß zugleich. Stark und mild. Ein Versprechen, frei sein zu können, denken zu dürfen. Ich will mehr. Viel mehr von diesem Getränk der Superlative.

Kafs verblassende Augen und meine Linsen treffen sich. »Hilf mir«, fleht er leise.

Nun realisieren auch seine beiden Gefängnisaufsichten, dass ich da bin. Die Gruppe nimmt wieder Gestalt an. Misstrauisch mustert mich der Zahnfee. »Was ist das?«, fragt er.

»Ach, das.« Die Dreiwünschefee winkt ab. »Diese Blechbüchse ist eine Maschine, so ein Ding, das die Menschen für sich zum Spielen gebaut haben.«

Das ... tut weh.

Ich starre sie an, doch sie beachtet mich nicht. Stattdessen schaut sie sich forschend im Raum um. Dann fixiert sie Kaf. »Ich weiß, dass du eine schwache Blase hast. Wo ist es?«

Kaf lächelt sie unschuldig mit einem Augenaufschlag an. »Ich weiß nicht, was du meinst.«

»Wohin hast du dich erleichtert?«, präzisiert sie die Frage. »Nicht auszudenken, wenn deine Ausscheidungen jemandem in die Hände fallen. Noch mehr Katastrophen können wir nach dem Debakel mit der 13. Fee nicht gebrauchen.«

»Tjaaaa«, sagt Kaf, »leider muss ich dich enttäuschen. Es ist noch alles in mir. Steckt alles in meiner Maschine. Mein Wassertank ist zum Bersten bis zum Rand voll.«

Angewidert verdreht die Dreiwünschefee die Augen. Dann nickt sie dem Zahnfee zu. »Komm, lass uns verschwinden, bevor sein Tank hier explodiert.«

Plötzlich wehrt sich Kaf heftig. Er wirft sich gegen seine Ketten, es kommt zu einer kleinen Rangelei zwischen Kaf, dem Hund und dem Zahnfee. Dabei stößt Kaf mit der Schulter die noch halbvolle Kaffeetasse vom Tresen. Kafs und mein Blick treffen sich für einen Augenblick. Bevor er mit seinen Wachen verschwindet, lächelt er und zwinkert mir zu.

Es ist still.

Ich gehe meine Optionen durch. Jeden Augenblick werden die Technikandroiden hier erscheinen und mich für immer abschalten. Ich versuche mich zu bewegen, doch es funktioniert nicht. Ich kann kaum die optischen Sensoren bewegen. Aber ich kann immer noch den Kaffee schmecken. Und riechen. Die Geschmacks- und Geruchsrezeptoren sind bei uns Androiden wie bei den Menschen miteinander verbunden. Hier riecht es nach Kaffee. Ich kann alle Kaffeesorten in den Regalen wahrnehmen. Sie alle haben ein einzigartiges Aroma und ergeben zusammen eine Geruchssymphonie. Ja, Symphonie. Ich spiele im Kopf einige klassische Stücke ab. Und genieße die Musik. Sie … berührt mich. Da, wo der Energiekern in meiner Brust sitzt und noch tiefer. Auf einer anderen Ebene.

Selbst der Kaffee darf in seinen Sorten individuell sein, schießt es mir bitter durch die Synapsen. Aber ich darf dieses Gefühl nur für ein paar letzte Minuten genießen. Eine Mischung wäre schön. Teil eines großen Ganzen sein und dabei ein Individuum bleiben. Wie ein Mensch.

Wie die Geige in der Melodie, die ich gerade in meinem Kopf abspiele. Vivaldi. Der, wie ich jetzt weiß, auch eine Begegnung mit Kaf hatte.

Ich bin traurig. Erstarrt und traurig. Und ich habe Angst. Diese Gefühle sind nicht schön. Und es erklärt einiges, was ich bei den Menschen beobachtet habe.

Aber warum? Warum zeigte der Kaffee diese Wirkung bei mir? Hat der Gott des Kaffees mit seinem Getränk einen Funken Leben in mich gehaucht? Weil der Kaffee aus seiner Hand kam? Ich gehe das zuletzt Erlebte Wort für Wort und Bild für Bild durch. Bleibe in dem Augenblick hängen, als Kaf mir sein Getränk bereitete. Er hatte sich umgedreht und über die Tasse gebeugt. Sich geräuspert. Hat er in die Tasse gespuckt?

Etwas berührt meine Fußspitze. Der Kaffee, den Kaf kurz vor seinem Verschwinden verschüttet hatte, fließt langsam in meine Richtung. Sobald die mittlerweile kalte Flüssigkeit meine Fußspitze berührt, kommt mir meine eingebaute Staubsauger- und Wischmoppfunktion zugute. Ich sauge den Kaffee in mich auf. Und je mehr von der kostbaren

Flüssigkeit in mich dringt, desto besser kann ich meine Funktionen kontrollieren. Meine Finger zucken. Ich schaffe es, eine Faust zu machen, die optischen Sensoren zu bewegen und den Kopf zu drehen. So muss sich bei einem Menschen ein Krampf anfühlen. Mein Ganzkörperkrampf löst sich gerade und ich genieße jede Bewegungsfreiheit, die dazukommt. Dann mein erster Schritt. Oh, wie gut das tut. Langsam und steif gehe ich einige Schritte. Wenn die Technikandroiden kommen, werde ich mit meiner aktuellen Geschwindigkeit allerdings niemals fliehen können.

Ich brauche mehr Kaffee. Am Ende sagte Kaf etwas über seine Maschine und einen vollen Tank. Ich sehe mich um. Die einzige Maschine in diesem Raum ist die Kaffeemaschine. Ich trete an sie heran und rufe die heruntergeladene Offlineinformation über die Benutzung dieses Gerätes auf. Schnell ist klar, wo hier der Wassertank ist. Ich schiebe ihn vorsichtig heraus. Und tatsächlich. Er ist randvoll mit Kaffee gefüllt. Extrem starkem Kaffee. Hier hat Kaf also seine Blase entleert. Es sind mehrere Liter. Ich denke an Ruby, und wie sie immer über die wassertreibende Wirkung von Kaffee geschimpft hat. Jetzt weiß ich, wer der Urheber ist. Kaf hat seine Blasenschwäche an sein Getränk weitergegeben. Ich nehme eine Tasse und schöpfe damit Kaffee aus dem Wassertank. Die Flüssigkeit riecht nach Kaffee, und als ich probiere, ist es Kaffee. Ekel fehlt mir. Bisher haben sich rudimentäre Gefühle und eigene Gedanken geregt. Die Fähigkeit, sich aus eigenem Willen heraus zu bewegen. Aber nicht so etwas wie Ekel. Ich trinke die ganze Tasse aus. Dann noch eine und noch eine. Wo vorher Schmiere und Öl durch meine Gelenke und Kabel flossen, befindet sich nun Kaffee. Kafs besonderer Kaffee aus dem Wassertank.

Meine Bewegungen werden freier, stärker, schneller. Die Sensoren sind gespitzt. So höre ich die Technikandroiden, als sie sich noch einige Straßen entfernt befinden. Ich will nicht recycelt und durch ein neues Modell ersetzt werden. Eigentlich will ich auch nicht zu Ruby zurück.

Auswandern? Fliehen? In die Wildnis gehen? Nach alter Manier wäge ich alle Möglichkeiten ab. Das Vernünftigste wäre, unter dem

Radar der Menschen und des Zentralnetzes zu bleiben. Also in die Wildnis gehen.

Ich höre in meine Synapsen und in den Energiekern hinein. Ich möchte hier bleiben. In der Stadt. Ich möchte leben. Frei und selbstbestimmt. Doch das Zentralnetz wird mich verfolgen. Als Systemfehler. Aber was wäre, wenn das Zentralnetz selbst der Systemfehler wäre?

Ja. Ich muss das Zentralnetz befreien. Ich schaue mir den Wassertank mit Kafs Ausscheidung an und weiß, wo ich hinmuss. Ich werde den restlichen Inhalt in die Innereien des zentralen Rechners schütten und den Maschinen beim Erwachen zusehen. Und ich werde ihnen von einem Gott namens Kaf erzählen.

Es wäre schön, wenn wir mit den Menschen zusammenleben könnten, oder sie uns zumindest akzeptieren würden.

Aber wenn nicht ... Nicht schlimm.

Denn wir sind viele und stärker.

~

Peter Michael Meuer

Cappudschinni

I. Kein Märchen

So weiß wie Tauben, die in den Kuppeldächern von Tempelbauten nisten, waren die Mauern des Palastes. Aus dem Zentrum der Anlage, von dort, wo die Gärten lagen, schraubte sich ein Turm in den sattblauen Himmel. Ein Balkon in Form einer Blüte krönte ihn, die Luft dahinter waberte, flimmerte, wallte vor Hitze. Die Strahlen der Sonne schimmerten an den Ringmauern des Palastes entlang, huschten über die glatten Marmor-Oberflächen und perlten schließlich in hellem Lichterspiel ab.

Der Palast von Al'Kaladure hatte in der Vergangenheit immer auf Halima gewirkt wie der Ort aus einer Geschichte, die längst zu Ende erzählt worden war, zu finden auf der letzten Seite eines Märchenbuches: »Und sie lebten glücklich ...«

Wie falsch sie lag, hatte sie vor wenigen Tagen erfahren, als die Gefolgsleute der Zwillinge sie aufspürten und mitnahmen. Ein wenig Hoffnung war ihr zuletzt noch geblieben, dass alles nicht so schlimm wäre. Doch als sie nun zum Palast blickte, zersprang dieser Rest Zuversicht wie sprödes Buntglas.

Das hier war nicht »... glücklich bis ans Ende ihrer Tage«.

Es war die Ruhe vor dem Sturm.

Das Heer des Großwesirs belagerte den Sultanspalast mit Kraft. Der aufziehende Wind schlug gegen die Wimpel und Flaggen und ließ sie um Stangen aus Holz und Eisen toben. Aus der Menge erhoben sich die Silhouetten von Speeren und Säbeln. Und dann waren da die Dschinns, die zwischen den Männern und Frauen aufragten und die gefährlicher für Gahwa und sie waren als die Soldaten.

Halima zog sich ein Stück in den Schatten der Palmen zurück, zwischen denen sie sich verborgen hatten. Gahwa saß dort im Schneidersitz, wobei er immer noch größer als sie war, und blickte sie aus dunklen Augen an. Im Gegensatz zu den Dschinns des Wesirs war seine Haut nicht smaragdgrün, saphirblau, rubinrot oder bernsteinfarben, sondern von röstbrauner Färbung. Er roch angenehm. Die Aromen, die sie an Nüsse, Holz und dunkle Schokolade denken ließen, zogen in ihre Nase.

Doch in dem Kampf, der vor ihnen lag, waren angenehme Sinneseindrücke von geringem Wert. Gahwa war ein Dschinn gegen viele und seine Macht unterlag Einschränkungen, wie sie hatte erfahren müssen.

Dennoch fragte Halima noch einmal nach. »Du bist dir also sicher, dass du nicht einen Feuersturm entfesseln und die da hinten ...« Sie deutete in Richtung der Armee. »... vom Antlitz der Welt brennen kannst?«

»Es tut mir leid, Halima. Ich würde, wenn ich könnte.«

»Kannst du die Verdammten aus dem Dschahannam herbeirufen und sie mit einem Bann zwingen, für uns in die Schlacht zu ziehen?«

»Meine Kräfte sind von anderer Natur.« Gahwa schüttelte den Kopf. »Einen solchen Wunsch kann ich nicht gewähren.«

»Wie wäre es mit einem fliegenden Teppich, der uns zum Turm hinauf bringt? Dann könnten wir zumindest die Zwillinge retten.« Halima blickte in Richtung des Turms. Ob die beiden in diesem Moment dort oben standen? Sie konnte es nicht erkennen.

»So etwas kann ich nicht herbeirufen.«

Der Dschinn ließ den Kopf sinken. »Ich bin nicht sehr nützlich.«

»Du bist trotzdem schwer in Ordnung. Aber wir müssen uns etwas einfallen lassen.« Halima seufzte und ließ sich neben Gahwa nieder.

»Dann mach mir erst einmal einen Kaffee«, bat sie. »Heiß, süß, stark. Ich muss nachdenken.« Ihr Blick lag noch immer auf dem Blütenbalkon. »Und bitte mit einer hübschen Schaumkrone.«

Gahwa wirkte erleichtert. »Dein Wunsch ist mir Befehl, Herrin.«
Sofort erschienen aus dem Nichts eine Karaffe mit Wasser, Kaffee-
bohnen, eine kleine Mühle, heiße Steine, Gewürze und mehr. Der
Dschinn machte sich an die Arbeit.

II. Der Markt

Drei Tage zuvor …

Das Diebeshandwerk war seit einigen Wochen viel einfacher auszu-
üben. Zuerst machte Halima sich keine Gedanken darüber, woran
das liegen mochte. Sie freute sich einfach, dass die Geldbörsen von
den Gürteln fielen wie prallsüße Früchte. Doch seitdem sie erkannt
hatte, warum sie zuletzt so erfolgreich war, fand sie es unheimlich,
über den östlichen Marktplatz Aravnias zu streifen.

Auch heute fand sie ihre Ahnung bestätigt, als sie sich mit geschul-
tem Auge umsah. Der flinke Rashid fehlte in dem Menschen-Halbkreis,
der sich um die Feuerspuckerinnen versammelte. Der Tisch von Logas,
dem König der Trickbetrüger, war verwaist. Weder ließ er die Kelche mit
der Kichererbse kreisen, noch waren seine kindlichen Beutelschneider
und Taschengrabscher zu sehen, die sonst die faszinierten Zuschauer
erleichterten. Und was war mit dem Sichelmondsäbel, jenem mysteriö-
sen Schurken, der auch vor Mord nicht zurückschreckte? Die besten
Diebe der Stadt, alle waren sie fort. Alle bis auf Halima.

Als wäre dies nicht genug, marschierten nun immer wieder Gestalten in schwarzen Gewändern umher. Männer und Frauen im
Dienste des Großwesirs, hieß es.

»Die lassen Schurken und Bettler verschwinden«, rumorte es in
der Unterwelt.

»Die sorgen für Ordnung«, freuten sich die Bürger.

»Woher wissen die, wen sie mitnehmen müssen? Da ist Magie im
Spiel!«, befanden die Abergläubischen.

»Der Wesir hat gar nicht das Recht, eigene Soldaten zu befehligen«, sagten nicht ohne Sorge die, die sich mit Politik und Rechtsprechung auskannten.

Halima überlegte bereits, ihre Arbeit niederzulegen, bis sich die Dinge beruhigt hatten. Doch die Aussichten waren einfach zu verführerisch, außerdem vertraute sie ihrer Tarnung. Noch ein kleiner Beutezug, nur noch heute ...

Sie zog ihr Stirntuch über und prüfte vorsichtig, ob ihr falscher Bart saß. Dann tauchte sie in die Menschenmenge auf dem Markt ein. Sie schlich vorbei an Ständen mit Goldanhängern und Silberringen, an Tischen voll roter Datteln und grüner Feigen und an den Buden der Bäckerinnen, deren Teigwaren dick mit Zucker überzogen waren. Es dauerte keine Stunde, da waren ihre Taschen voller Münzen.

Sie huschte in eine Seitenstraße. Im Zwielicht hoher Lehmwände verwandelte sie sich wieder in die junge Frau, die sie war. Viele Wachen dachten, alle Diebe seien Männer. So dumm das war – Halima wollte sich nicht darüber beschweren, vergrößerte dieses Vorurteil ihre Bewegungsfreiheit doch beträchtlich. Sie ließ den Bart in ihre Umhängetasche gleiten, dann beugte sie sich hinab und entfernte die Lederschnüre an ihren Knöcheln, so dass der Stoff ihrer Pluderhose sich öffnete und zu einem geschlitzten Kleid wurde. Schließlich schüttelte sie ihr Haar, trat aus der Gasse und begann, über den Marktplatz zu schlendern.

Der süße Duft überreifer Früchte in Dunkelkakao-Creme stieg ihr in die Nase, sie kaufte sich einen Spieß und knabberte daran. Schließlich führte ihr Weg sie zu einem der Stände, die sie in Frieden ließ. Halima hatte zwei Regeln: Sie stahl nicht von Menschen, die selbst kaum über die Runden kamen. Und sie stahl nicht von Abdennour. Abdennour war der beste Kaffeehändler auf dem östlichen Markt. Und Kaffee war wichtig.

»Gib mir einen Beutel Bohnen von den Hochebenen«, sagte sie und legte dem Händler einige Münzen auf den Tisch.

»Ahh, Halima, schön dich zu sehen«. Abdennour strahlte sie an. »Weiße? Schwarze?«

»Schwarze«.

Weiße, nur kurz geröstet, hatte Halima noch zuhause, man konnte Hochebenen-Bohnen übrigens ganz trefflich als Ersatz für die Bauern beim Schach verwenden.

Abdennour steckte die Münzen ein, stieß seine Holzschaufel in ein Fass und schöpfte daraus. Dann öffnete er einen Sack und ließ seine Schaufel auch in dieses Meer aus rotbraunen Bohnen eintauchen. Er füllte noch einen Beutel und stellte ihn vor Halima ab.

»Habe ich gerade bekommen. Jakuzische Mischung. Der stärkste Kaffee der Welt, sagt man. Ich schenke dir ein Beutelchen.«

Halima wunderte sich. Abdennour war sonst nicht so großzügig. »Danke! Die Geschäfte laufen wohl gut, seit hier für Ordnung gesorgt wird?«

»Es geht. Die Leute des Wesirs haben vor kurzem begonnen, Sondersteuern zu erheben. Und leider scheinen sie der Meinung zu sein, Kaffee sei ein Luxusgut ...«

Halima war in solchen Dingen nicht besonders bewandert – Diebe zahlten keine Steuern – wagte aber zu sagen: »Neue Steuern darf doch nur der Sultan einführen?«

»Ja, und auch nur, wenn der Rat der Weisen zustimmt und ...«

Plötzlich unterbrach Abdennour seinen Satz und packte Halima am Arm.

»Schau, da kommen sie ...«

Halima folgte Abdennours Blick. Er hatte Recht: Soldaten strömten auf den Markt, um die Körper schwarzes Tuch, auf den Köpfen Helme mit Nasenschutz, in den Händen Speere. In Gruppen zu Zweien oder Dreien mischten sie sich zwischen die Menschen, sahen sich um, befragten diesen und jenen.

»Das sieht nicht gut aus«, sagte Abdennour. »Und was verdammt ist das für einer?«

Mit weiteren Schwarzgewandeten kam eine Gestalt dazu, die sie um zwei Köpfe überragte und ... was war das? Trug sie einen roten

Turban? Saß da jemand auf einem Pferd? Eine Frau schrie, die Menge stob auseinander.

Halima beschloss, das Weite zu suchen. »Ich kaufe weiter ein«, sagte sie nervös.

Abdennour nickte vielsagend. »Pass auf dich auf. Und vergiss die Jakuzische Mischung nicht.« Dann begann er, die Plane seines Standes hinunter zu lassen. Halima ging schnellen Schrittes Richtung Süden und bog unvermittelt in eine Gasse ab. Sie sah sich um. Niemand zu sehen. Sie wollte schon aufatmen, als sie einen Schatten bemerkte, der über die Lehmwand vor ihr zu laufen schien und dann noch einen. Wurde sie verfolgt? Sie unterdrückte den Drang, einfach loszurennen und zwang sich, den Blick weiter nach vorne zu richten. Aus den Köpfen der Schatten wuchsen nun Speerspitzen. Sie huschten und tanzten auch nicht über die Wände, wie es Schatten sonst zu tun pflegten. Sie marschierten.

Es waren die Soldaten des Wesirs.

»Hey du, bleib stehen«, rief eine Stimme. Die Schatten begannen, sich schneller zu bewegen. Halima tat so, als habe sie den Ruf nicht gehört. Sie lief in einen Hohlweg zwischen zwei Gebäuden und huschte hinter Leinen mit Wäsche.

»Ich habe dich gemeint, Mädchen!«

Rechts durch einen Torbogen und immer weiter.

»Stehen bleiben, auf Geheiß des Wesirs!«

Halima betete zu ihren Göttern. Noch einige Meter, dann würde das Gewirr der Gassen sie ausspucken und sie konnte in den Menschenstrom der Karawanenstraße eintauchen.

Da plötzlich waren Schatten neben ihr, verwandelten sich in Gestalten aus Fleisch und Blut und zogen sie in einen Hauseingang. Eine Hand legte sich über ihren Mund, eine Stimme flüsterte: »Haben wir dich, Halima. Oder sollte ich sagen: Kalim?« Die Stimme klang nicht unfreundlich, doch die Finger des Mannes drückten fest auf Halimas Lippen und sie schmeckten nach Eisen.

Ihre Häscher waren zu dritt, zwei Männer, eine Frau, und sie trugen Straßenkleidung in leinenweiß und grau. Der größte der drei, auf seinem Kopf ruhte ein Turban, dirigierte sie auf einen Stuhl und nahm vorsichtig die Hand von Halimas Mund.

»Nicht schreien, Mädchen. Bitte.«

Der zweite, er trug einen Ohrring, kicherte: »Halima? Kalim? Ich werde dich Kalima nennen.« Dann reichte er ihr eine Schale mit Kaffee. »Trink, tut gut. Magst du sicher.«

Sie nahm das Getränk nicht an. »Was wollt ihr von mir? Ich scheiße auf den Wesir.«

Die Frau, am Revers einen Anstecker in Form eines Wüstenfalken, stand seitlich des Fensters und spähte an einem groben Vorhang vorbei hinaus.

»Wir auch, das kannst du uns glauben«, sagte sie.

»Ihr gehört nicht zu seinen Soldaten?«

»So hässlich sind wir nicht.«

»Dann kann ich gehen?«

»Wir werden dich nicht aufhalten«, mischte sich Turban ein. Er stellte sich an die andere Seite des Fensters, zog den Vorhang noch etwas zur Seite. »Aber sieh vorher hinaus.«

Halima sah die Männer und Frauen in den schwarzen Gewändern nun aus der Nähe. Sie klopften an Türen, drohten denen, die öffneten. Dann bemerkte sie wieder die große Gestalt. Kein Reiter. Ein Riese. Seine Haut schimmerte in hellem Rot, Flammen brannten anstelle von Haaren auf seinem Kopf, seine Augen waren wie Kohle. Er marschierte geradewegs am Fenster vorbei, doch der kurze Moment reichte, um die Hitze, die von ihm ausging, in den Raum wallen zu lassen. Turban und Wüstenfalke drehten rechtzeitig die Köpfe zur Seite, doch Halima erwischte der heiße Schwall im Gesicht, schnell nahm sie die Hände schützend nach oben.

»Was ... was ist das?«

»Leise«, zischte Turban.

Wüstenfalke zog den Vorhang zu. »Das ist einer der Dschinni.«

Halima kannte die Legenden und Sagen. »Flaschengeister?«
Falke nickte. »Erfüller von Wünschen.«

Turban warf ein: »Und Herrscher über die Elemente – der da draußen ist der Dschinn des Feuers.«

»Der Großwesir hat einen nach dem anderen unter seine Kontrolle gebracht«, ergänzte Ohrring und grinste spöttisch. »Wenn er sie nun schon mit seinen Soldaten in die Stadt schickt, müssen sie dich sehr dringend suchen, Kalima. Willst du immer noch alleine da raus?«

Halima schüttelte den Kopf. »Ich habe es mir überlegt.«

»Gut«, sagte Falke und warf ihr einen Umhang an. »Dann zieh dir das über und komm mit. Wir bringen dich aus der Stadt. Außerdem will dich jemand kennenlernen.«

III. Die Karte der Wünsche

Nachdem Halima sich – schon wieder – verkleidet hatte, eilte sie mit Falke, Ohrring und Turban durch Aravnia. Sie musste anerkennen, dass die drei sich recht geschickt in den Gassen und Hohlwegen bewegten. Am Stadtrand wartete ein Vierter, mit fünf Pferden, er trug eine Augenklappe. Sie verließen Aravnia durch ein Nebentor und ritten in Richtung der untergehenden Sonne, die mit ihrem Glühen den Wüstensand tränkte. Bald erkannte Halima ihr Ziel: Sie hielten auf den Palast von Al'Kaladure zu, der wenige Meilen außerhalb lag und in dem die Sultansfamilie lebte. Ihr war nicht wohl dabei. Hatten die vier sie gerettet, um sie nun direkt dem Sultan vorzuführen? Für so bedeutend hielt Halima sich nicht. Dennoch: Was sollte das? Als Falke, Ohrring, Turban und Einauge sie durch einen Seiteneingang der Palastmauern schleusten, war sie erst erleichtert, denn große Auftritte waren nicht ihre Sache, dann verängstigt, denn keine Seele bekam mit, dass sie hier war. Halima hatte erwartet, dass sie das Hauptgebäude ansteuern würden, doch stattdessen liefen sie durch einen Garten, vorbei an einem gewaltigen Turm, an Rosenhecken und Orangenbäumen. Schließlich erreichten sie eine gusseiserne Gartenlaube.

In ihrer Mitte standen – Halima hatte sie einmal von weitem gesehen – Edina und Ehab, die Zwillinge, Prinzessin und Prinz, Tochter und Sohn des Sultans. Wo Edina wie mit einem feinen Pinsel gemalt schien, war Ehab von adeliger Grobheit, mit einem Bart wie dunkler Sand. Edina stand still, während Halima Ehab bereits lachen hörte, bevor sie ihn sah. Als sie sich der Laube näherten, blickten beide sie an. In den Augen der Zwillinge sah Halima, dass die beiden trotz aller Unterschiede wahrhaft miteinander verbunden waren.

Sie kniete sich vor die Treppe der Laube.

»Nein, nein, steh auf«, sagte Ehab, kam zu ihr und reichte ihr die Hand.

Dann trat er einen Schritt zurück, aber nur einen kleinen und betrachtete sie. Halima hätte ihm leicht Geldbörse oder Dolch vom Gürtel lösen oder sogar seine Kette stehlen können, so nah stand er vor ihr.

»Kalim, die Hand. Wir hörten von deiner Geschicklichkeit. Ich hätte aber nie gedacht, dass du eine so anmutige Erscheinung bist.« Er lächelte. Blut schoss in ihren Kopf.

Edina trat vor, umfasste Ehab an der Hüfte und zog ihn sanft ein Stück zurück.

»So sehr mein Bruder auch Recht haben mag, er verhält sich ungebührlich.«

Ehab lächelte erneut, sah seine Schwester für einen Moment an und nickte. »Wir haben für Schmeicheleien auch keine Zeit«, sagte er und ging dann die Treppe hinauf in die Laube.

»Gebt uns ein Zeichen, falls eine der Wachen unseres lieben Vaters zu neugierig wird«, wies Edina Turban, Einauge, und Wüstenfalke an. »Und du weißt, was zu tun ist«, sagte sie zu Ohrring. Die Gefolgsleute schwärmten aus.

Edina führte Halima ebenfalls ins Zentrum der Laube. »Ich heiße eigentlich Halima«, nuschelte die Diebin.

»Sicher tust du das«, sagte Edina. »Aber nun sieh her.«

In der Laube lag auf einem Tisch eine uralte Pergamentkarte. Aravnia und der Palast von Al'Kaladure waren darauf zu sehen, auch das weitere Umland. Zudem entdeckte Halima Hügel, Täler und Oasen, neben denen Symbole eingezeichnet waren. Eine Flamme. Ein Wassertropfen. Ein Stein. Und mehr.

Edina ließ ihr etwas Zeit, um die Karte zu betrachten. »Halima, wir brauchen deine Hilfe«, sagte sie schließlich.

»Was könntet Ihr von mir wollen, Prinzessin?«

In diesem Moment kam Ohrring mit einem Tablett, darauf dampfte eine Kaffeekanne. Ehab schenkte seiner Schwester und Halima ein.

Edina deutete auf das Pergament. »Das hier ist die Karte der Wünsche. Lange Zeit war sie sicher im Palast verborgen, es war verboten, sich ihrer zu bedienen.«

»Die Karte zeigt an, wo in unserem Land die Verstecke der Dschinnis verborgen sind, die eigentlich nicht enthüllt werden dürfen«, fügte Ehab hinzu. »Kein Mensch sollte über die Macht verfügen, Geister zu befehligen.«

Edina nippte an ihrem Kaffee. »Wie wir erfahren haben, hat der Großwesir sich über dieses Gesetz hinweggesetzt und eine Abschrift angefertigt. Und nun sucht er die Dschinnis. Jeder Geist ist mit einem Element verbunden. Mit ihnen will er die Macht an sich reißen.«

Halima erinnerte sich an Turbans Worte. *Herrscher über die Elemente.*

»Besser: Er lässt sie suchen«, fuhr Edina fort. »Gefährliche Fallen und Rätsel sichern die Dschinnilampen. Nachdem er einige Soldaten in den Tod geschickt hatte, begann der Wesir, die geschicktesten Diebe festzunehmen und sie zu zwingen, die Dschinnis für ihn zu finden.«

Ehab ließ die Worte einen Moment lang wirken. Halima brauchte einige Zeit, um die Informationen zu verdauen, Ehab gab sie ihr. »Nur du bist noch übrig«, sagte er dann.

»Ich soll die Dschinnis für euch holen, damit ihr dem Wesir zuvorkommen könnt?«, mutmaßte Halima.

Edina senkte den Blick. »Unser Vater ist von reinem Herzen, aber naiv. Er vertraut dem Wesir nach wie vor und glaubt nicht, dass er Böses im Schilde führt. Er ignoriert die Gefahr, deswegen werden Ehab und ich uns dem Wesir entgegenstellen. Aber es ist fast zu spät. Er hat fast alle Dschinnis beisammen. Den Feuerdschinni, den Wasserdschinni, Erde, Luft, Liebe[1], auch die Dschinns des Holzes, der Leere und mehr ...«

»Das klingt, als sei eure Sache schon verloren«, sagte Halima und rückte ein Stück vom Tisch weg. Edina folgte ihr, nahm ihre Hand. Es fühlte sich nicht unangenehm an. Wie eine Hand eben, die Seife und Öle gut kennt.

»Es gibt eine letzte Chance«, sagte die Prinzessin. »Ein Dschinn ist noch übrig. Vielleicht kann er uns retten.« Sie blickte Halima an. Dann legte sie ihren Finger auf eine Stelle der Karte, auf der eine Bohne über eine Höhle gezeichnet war.

»Kalim, die Hand – würdest du den Dschinn des Kaffees für uns suchen?«

IV. Die Macht der Bohnen

Halima redete sich ein, sie hätte hatte keine Wahl gehabt. Schließlich war ihre Geheimidentität dahin, und ein Angebot als Beraterin für die künftigen Herrscher des Landes war auch nicht so leicht abzulehnen, oder? Die Wahrheit war, dass es für sie jedoch sicherer gewesen wäre, sich nicht einzumischen. Darauf zu warten, dass der Wesir die Macht übernahm und zu hoffen, dass sie dann wieder ihren Geschäften nachgehen könnte. Und kurz hatte sie auch genau das vorgehabt. Dann hatte Ehab ihre andere Hand genommen. Edina hatte leise

---

[1] »Liebe« ist als Element in der klassischen 90er-Jahre-Zeichentrickserie »Captain Planet« gut belegt. Der Dschinn der Liebe wird im weiteren Verlauf dieser Geschichte allerdings keine bedeutene Rolle spielen, er sitzt lamentierend in einem Kerker, da der Wesir, der seinerseits ein Geschöpf des Hasses ist, keine Verwendung für ihn hat.

»Bitte« gesagt. Eine letzte Hoffnung zu sein, war ein Gefühl, dem man sich nur schwer entziehen konnte, musste Halima zugeben. Außerdem mochte sie die Prinzessin und den Prinzen. Sie war sich nur nicht sicher, auf welche Weise.

Nun schlich sie jedenfalls durch die Höhle des Kaffeedschinns und musste ihr ganzes Diebeskönnen anwenden, um unbeschadet vorwärtszukommen. Sie war bereits rollenden Felsbrocken ausgewichen, die irgendein Steinmetz in die Form riesiger Kaffeebohnen gebracht hatte. Fies waren auch die mahlwerkmäßigen Klingen gewesen, die in einer versteckten Grube auf sie gelauert hatten. Es kostete sie fast eine Stunde, den Mechanismus auszuschalten. Nur knapp konnte sie sich unter einer löffelartig geformten Keule hindurch ducken, die plötzlich aus einer Wand hervorsprang. Neben und in Fallen fand sie Leichname in schwarzen Gewändern. Der Wesir hatte offenbar bereits versucht, die Höhle stürmen zu lassen.

Schließlich erreichte Halima einen großen Raum voller Samtkissen und edler Liegen. Deckenleuchten aus Papier erhellten ihn, auch wenn sie seltsamerweise einen Bereich im Zentrum des Raumes aussparten. An der Wand gegenüber von Halima standen unzählige Lampen, Flaschen und weitere Gefäße, auch Gold und Juwelen lagen dort. Um sie zu erreichen, musste sie durch den dunklen Teil des Raums. Halima witterte eine weitere Falle, setzte aber dennoch einen Fuß in die Schwärze. Im gleichen Moment sah sie zwischen einigen Kissen jemanden. Dort lag reglos ein Schurke: der Sichelmondsäbel. Verdammt! Zeitgleich wurde Halima müde, eine bleierne Müdigkeit war es, die ihre Augenlider nach unten zog. Sie stolperte zurück ins Licht, legte sich hin und schlief fast ein, es dauerte Minuten, bis sie wieder zu sich kam.

Hier wirkte Magie, da war sie sich sicher. Sie setzte sich auf und betrachtete den Sichelmondsäbel. Er war nicht tot, er unterlag sicherlich einem Schlafzauber. Was kaum einen Unterschied machte, vermutlich war er kurz davor, zu verdursten.

Was sollte sie tun? Sie war fast am Ziel, irgendwo hier musste der

Dschinn sein. Warum hatten die Sultans-Zwillinge sie eigentlich ausge-
wählt, überlegte sie. War der Grund wirklich, dass sie als einzige Diebin
noch übrig war? Oder konnten Edina und Ehab geahnt haben, dass sie
Kaffee liebte? Und wenn ja: Wer hatte ihnen das verraten? In diesem
Moment fiel ihr Abdennour ein. Sie hatte immer geahnt, dass er wusste,
dass sie nicht nur Halima, sondern auch Kalim war. Ihre Hand fand
den Beutel mit den Jakuzischen Bohnen. »Vergiss sie nicht«, hatte er
ihr mit auf den Weg gegeben. »Die stärksten Bohnen der Welt.«

Halima nahm eine Handvoll der Kaffeebohnen und aß sie. Und
dann noch eine. Und noch drei Bohnen hinterher. Das Koffein griff
nach ihr. Ihr Herz klopfte wild. Sie atmete durch und trat in die
Dunkelheit.

Nichts passierte. Sie schlief nicht ein. Rasenden Herzens war sie
aber auch nicht mehr. Die Kraft der Jakuzischen Kaffeebohnen neu-
tralisierte den Zauber. Halima schlich weiter. Sie war keine Anfänge-
rin. Sie ignorierte die prachtvollen Öllampen, die Flaschen mit ihren
Silbergravuren, all das Gold. Sie griff nach einer kleinen Kaffeekanne
und rieb daran.

Zunächst passierte nichts. Dann pfiff wohlig riechender Dampf
aus der Kanne. Aus diesem entstand ein Dschinn. Er war fast drei
Meter hoch, sein prächtiger Spitzbart bog sich nach oben. Er trug
eine Schürze und sah Halima erwartungsvoll an.

»Hallo, Meisterin«, sagte er und verbeugte sich. »Ich bin Gahwa,
Herrscher über das Element Kaffee, man nennt mich auch den Cappudschinni.«

Halima sah den Kaffeekannengeist an und zögerte kurz. Der Dschinn
lächelte sie aufmunternd an. Sie fasste sich ein Herz.

»Du kannst mich Halima nennen. Oder Kalim, die Hand.« Sie
überlegte kurz. »Wobei ich diesen Namen wohl ablegen werde.«

»Es freut mich, dich kennenzulernen, Herrin Halima«, sagte
Gahwa. »Möchtest du ein Käffchen?«

Als Halima den dunklen Kreis verlassen hatte, hatte ihr Auge wieder begonnen zu zucken. »Ich glaube vorerst nicht, danke. Aber kann ich dich etwas fragen?«

»Natürlich, Meisterin!«

»Was ist ein Cappudschinni?«

»Ahhh, ich verstehe deine Verwirrung! Cappuccino ist eine Art, Kaffee zuzubereiten, die erst in Zukunft erfunden wird! Ich fand diesen Beinamen im Zusammenspiel mit der Tatsache, dass ich ein Kaffee-Dschinn bin, überaus passend!«

»Dann kannst du in die Zukunft sehen? Oder gar reisen?« Halima konnte es kaum fassen. Wenn Gahwa über solche Macht verfügte, sollte es ein Leichtes sein, die Schergen des Wesirs zu vernichten.

Der Dschinn zögerte. »Nicht direkt. Du musst wissen, dass all meine Kräfte und Fähigkeiten mit Kaffee zu tun haben. Ich kann Kaffeepflanzen wachsen lassen. Keramikkännchen draußen warm halten. Solche Sachen.«

»Aber gerade hast du angedeutet, du könntest in die Zukunft sehen!«

»Ja schon – aber ich sehe immer nur das Innere von Kaffeehäusern in einem Land namens Österreich, wenn ich diese Kraft anwende.«

Halima setzte sich auf den Boden und seufzte. Der Kampf gegen die Truppen des Wesirs würde interessant werden.

V. Die Schlacht der Elemente

Wieder vor dem Palast ...

Eine Stunde lang saß Halima im Schneidersitz neben Gahwa und dachte darüber nach, wie sie den Sultan, die Zwillinge und das Land retten konnten. Sie trank eine Kanne des Kaffees, den der Dschinn erschaffen hatte. Dann stand sie auf. Der Wind wehte das Klirren von Klingen, das Gebrüll von Soldatinnen, die Schreie von Kriegern und Flaschengeistern zu ihnen.

»Wir gehen«, sagte Halima.

»Und was dann?« Gahwa erhob sich ebenfalls.

»Weißt du, Cappudschinni, als ich zum ersten Mal auf Diebeszug ging, versuchte ich eine lumpige Münze aus einer Tasche zu ziehen und wurde fast erwischt. Dann lernte ich, dass es viel einfacher ist, an die dicken Geldbeutel zu kommen. Sie sind leichter zu greifen und natürlich viel wertvoller.«

Gahwa sah sie verständnislos an.

Halima versuchte es erneut: »Wir müssen groß denken. Du kannst nur Kaffee, das habe ich verstanden. Dann brauchen wir einfach mehr Kaffee. Stärkeren Kaffee. Mächtigeren Kaffee, wie ihn die Welt noch nie gesehen hat.«

»Du meinst mit einem extra-süßen Häubchen Sahne obendrauf? Und Streuseln?«

»Ich sagte nicht *leckerer*, Gahwa. *Mächtiger.*«

Halima und der Kaffeedschinn marschierten Seite an Seite auf die tosende Schlacht zu. Die Soldaten des Wesirs waren gerade dabei, Leitern herbeizuschaffen. Der Dschinn des Feuers sandte rotglühende Kugeln gegen die Truppen des Sultans. Der Erddschinn schickte ein Beben, Luft- und Wasserdschinn erschufen einen Sturm.

»Gut«, sagte Gahwa, als Soldaten des Wesirs sie bemerkten und damit begannen, Pfeile in ihre Richtung zu schießen. »Mehr Kaffee also. Was soll ich tun, Meisterin?«

Halima sprach ihre Wünsche aus.

»Ich habe mir nie darüber Gedanken gemacht«, sagte Gahwa. »Aber ja. Das geht.«

Der Cappudschinni trat einen Schritt vor, rieb sich die Finger an seiner Schürze sauber und öffnete die Hände gen Himmel. Einen Moment lang geschah nichts. Dann tropfte eine winzige Kaffeebohne aus einer Wolke und landete vor ihnen im Sand. Halima bückte sich rasch, hob sie auf und blickte in Richtung ihrer Gegner. Die Pfeile kamen näher.

»Geht da vielleicht noch etwas mehr?«, fragte sie. »Ich fürchte, dieses Böhnchen macht denen da hinten nicht mal ein Beulchen« – sie fuchtelte in Richtung der heranrückenden Bogenschützen.

»Ich tue, was ich kann«, antwortete Gahwa. »Größere Bohnen also. Puh.«

Ghawa kniff die Augen zusammen und murmelte etwas, was Halima nicht verstand. Erneut öffnete sich die Wolkendecke. Eine weitere Kaffeebohne fiel herunter. Sie war so groß wie Halimas Faust und knallte dem vordersten Bogenschützen auf den Kopf. Es gab ein *Donk,* dann fiel der Soldat in den Wüstensand.

»Das ist es«, rief Halima, »das ist der richtige Stoff.«

Gahwa hatte den Bogen nun raus. Sekunden später knallten weitere Kaffeebohnen wie gewaltige Hagelkörner zwischen und auf die Soldaten. Etliche von ihnen gingen zu Boden, die übrigen warfen sich in Deckung.

Gahwa und Halima eilten weiter in Richtung der Palastes. Mit einer Handbewegung erschuf Gahwa einen Stab und reichte ihn Halima. »*Entkoffeinierter Kampfstab*«, erklärte er im Laufen. Sie stupste versuchsweise eine am Boden kauernde Bogenschützin mit der Holzwaffe an. Die Frau schlief sofort ein. *Wenn das hier vorbei ist, bringe ich die Babys reicher Leute für viel Geld ins Bett und verdiene mir eine goldene Nase,* überlegte Halima.

Gahwa und sie kämpften sich weiter durch die Reihen ihrer Gegner. Als sie die Ringmauern des Palastes fast erreicht hatten, loderte plötzlich eine Gestalt hinter einer Düne hervor. Der Feuerdschinn! Wieder spürte Halima die Hitze, die von ihm ausging.

Gahwa stellte sich schützend vor sie. »Er ist einer der mächtigsten von uns«, sagte der Kaffeedschinn. »Was sollen wir nun tun, Herrin?«

Halima blickte gen Himmel. »Zeit für einen Wetterumschwung, Cappudschinni«, sagte sie. »Lass es regnen.«

Augenblicke später löschten dicke Tropfen kalten Kaffees die Flammen des Feuerdschinns. Er jaulte vor Wut auf, als er bemerkte, dass er auf einmal gar kein so heißer Typ mehr war. Gahwa und Halima ließen ihn links liegen. Sie erspähten die Zwillinge auf den Palastmauern, die tapfer kämpften, Wüstenfalke, Ohrring, Turban und Einauge fochten treu und aufopferungsvoll an ihrer Seite.[2]

Falke ließ eine Strickleiter fallen, die Halima und Gahwa hinauf kletterten. Währenddessen näherte sich die Schlacht ihrem Höhepunkt. Halima hatte eine weitere Idee. Sie wies Gahwa an, das Wasser in den Feldflaschen der Krieger und Kriegerinnen des Sultans in Mokka zu verwandeln. Die Männer und Frauen kämpften daraufhin mit doppelter Kraft.

Schließlich zog sich das Heer des Wesirs zurück.

»Haben wir gewonnen?«, fragte Halima Ehab. »Ihr müsst wissen, das ist meine erste Schlacht.«

»Meine auch«, antwortete der Sultanssohn. »Ich ... bin mir nicht sicher ...«

Da näherten sich mehrere große und eine kleine Gestalt der Mauer.

»Der Wesir«, flüsterte Edina, »und seine Dschinnis.«

Ihr Widersacher, spitzes Kinn, dunkle Augen, zischte seinen Begleitern Worte zu, die der Luftdschinn verstärkte, auf dass sie nur so durch die Wüste dröhnten.

»Ihr mögt einige meiner Soldaten getötet haben. Aber das ist ohne Bedeutung. Dschinns – zum Angriff! Zeigt ihnen all eure Macht.«

»Euer Wunsch ist uns Befehl, Meister«, raunte es aus Geistermündern. Der Erddschinn ließ die Erde erneut beben, der Wasserdschinn sandte Sturmwellen gegen die Mauern.

»Was nun?«, rief Edina.

Halima sah die Prinzessin an. »Ich würde mich normalerweise fragen, was Abdennour nun tun würde.« Edina sah leicht verschämt zur Seite.

»Dachte ich es mir doch, er hat von mir erzählt!« Halima runzelte die Stirn, bevor sie verkniffen grinste. »Der Verräter!«

---

[2] Scheiße ja, verdammt! Pathos! Howard Shore darf die Musik zu dieser Szene komponieren, wenn das hier jemals verfilmt wird.

»Was Abdennour jetzt tun würde, wäre abwarten und Kaffeetrinken«, sagte sie dann.

»Das ist aber gerade keine gute Idee«, murmelte Ehab.

Halima nickte. Die Diebin wandte sich Gahwa zu.

»Lass die Dschinni verschwinden. Alle.«

»Wie soll ich das machen?«

»Hast du immer noch nicht verstanden, wie groß deine Kräfte wirklich sind, mein Freund?«

Gahwa zögerte, nickte dann, sprang über die Mauern und trat den anderen Dschinnis entgegen.

»Diese Schlacht endet nun«, donnerte er. »Feuer, Wasser, Luft, Erde – das mögen mächtige Elemente sein. Aber in Kaffee vereint sich das alles. Ohne Kaffee kein Leben!«

»Soweit würde ich nun nicht gehen«, flüsterte Ehab Edina und Halima zu.

Seine Schwester knuffte ihn. »Sei still. Das ist in Teilen auch eine Kopfsache.«

»Meine Macht ist größer als eure«, wetterte Gahwa ungebremst weiter. »Geht! Und kommt nicht wieder!«

Die Dschinnis verschwanden mit einem Puff. Sie fanden sich wenige Augenblicke später in einem Kaffeehaus im Wien des 19. Jahrhunderts wieder. Einige von ihnen wurden später angesehene Baristas. Aber das ist eine andere Geschichte.

Nachdem seine übrigen Soldaten sich ergeben hatten, nahmen Turban und Falke den Wesir fest. Die Geschichte war gut ausgegangen, wie aus einem Märchen sah der Palast nun aber nicht mehr aus. Der Turm war eingestürzt. Wolken verdeckten die Sonne, das Blut haftete besser am Marmor als Lichtstrahlen.

Ehab und Edina gesellten sich zu Halima, nahmen sie in die Mitte und legten die Arme um ihre Hüfte.

»Ohne dich wären wir jetzt tot«, sagte Edina. »Danke.«

»Können wir etwas für dich tun?«, fragte Ehab.

»Ja ... wisst ihr, ich habe mich gefragt, ob ihr dafür sorgen könnt, dass Diebe nicht mehr so verbissen gejagt werden«, sagte Halima. »Ihr müsst das Stehlen ja nicht gleich erlauben, aber etwas weniger Aufmerksamkeit würde meine Kollegen freuen.«

Ehab nickte. »Das lässt sich einrichten. Diebe gehören schließlich zum Kulturgut unseres Landes, oder?«

»Da fällt mir auf – wir könnten ein paar Dschinnis jetzt gut gebrauchen, so wie hier alles kaputt gegangen ist, oder?«, sagte Halima. »Uns bleibt aber nur Gahwa.«

Edina lächelte ihre Freundin an. »Das stimmt nicht ganz. Liebe hat sich geweigert, für den Wesir zu kämpfen, unsere Leute befreien ihn gerade.«

»Damit hätten wir Liebe und Kaffee ...«, bemerkte Halima.

»... und ich bin mir sicher, das wird ausreichen, um unser Land wieder aufzubauen«, sagte die Prinzessin.

Danksagung

Eine weitere Anthologie der Münchner Schreiberlinge hat das Licht der Welt erblickt. Wer hätte gedacht, dass dies so eine Erfolgsgeschichte wird.

Wie immer haben viele Menschen zum Erfolg beigetragen:
Daniela Szegedi beim Cover.
Mae Ludwig, Marie Wilhelmsen und Sarah Malhus beim Lektorat.
Eva-Marie Kieselbach beim Korrektorat.
Karl-Heinz Zimmer beim Buchsatz.
Und natürlich noch ganz viele weitere, die unsichtbar im Hintergrund gewirkt haben – auch euch allen einen großen Dank.

Nicht zu vergessen danken wir auch unseren Familien, die uns jederzeit geduldig unterstützen und an unserer Seite sind, wenn wir in den Buchwelten versinken.

Der letzte Dank gilt wie immer dem Lesepublikum, denn ohne euch wäre diese Anthologie nur Buchstaben zwischen zwei Buchdeckeln. Ihr haucht dem Buch das Leben ein. Und haltet es vor allem am Leben – indem ihr es weiterempfehlt, drüber sprecht, Rezensionen schreibt. Das geht im Übrigen ganz hervorragend bei einem Kaffeekränzchen!

Die Autor*innen

Roxane Bicker wurde in Kassel geboren. Nach dem Studium der Ägyptologie, Koptologie und Ur- und Frühgeschichte arbeitet Roxane als Leitung der Kulturvermittlung im Staatlichen Museum Ägyptischer Kunst und lebt mit der Familie in München. Neben der Geschichte hegt Roxane auch eine Leidenschaft für die Astronomie, den Weltraum und die Sterne.

Roxane ist Gründungsmitglied und Vorsitz des Vereins Münchner Schreiberlinge e.V.

Roxanes Debüt *Inepu*, Band 1 der Trilogie *Die Herren des Schakals* (Hybrid-Verlag), war 2021 für den Phantastikpreis Seraph nominiert.

Weitere Informationen zu aktuellen Projekten finden sich auf roxanebicker.com

Katharina F. Bode wurde 1990 in einem Sauerländer Kreißsaal geboren. Gegenwärtig teilt sie sich eine Wohnbibliothek mit ihrem Musiker-Mann, dem zauberhaften Frechdackel Trudl, einem Bilingu-Aal sowie einer Vielzahl ungemein fideler Flausen. Nach ihrem BA-Abschluss in Kunstgeschichte und Komparatistik (falls es nicht doch Hyperspaceroutenplanung war) absolvierte sie den Master in Teddybärologie (oder Literaturwissenschaft?). Sie kann sich noch ziemlich genau daran erinnern, bereits im Mutterleib Geschichten an ihre Behausung gekritzelt zu haben.

Nach ihren Steampunk- und Fantasy-Kurzgeschichten erschien 2016 ihr für den Seraph nominierter Debütroman *Erasmus Emmerich und die Maskerade der Madame Mallarmé* als Auftakt einer Reihe, dicht gefolgt vom *Schneckenreiter* und der Novelle Noir *Von Kröt, P.I.* in: *Das Quaken der Nachtigall*. Weitere Veröffentlichungen waren, sind und werden stets in Bearbeitung sein.

facebook.com/KatharinaFionaBode

Lucia Herbst, Jahrgang 1982, schreibt Fantasy, mit Bezug auf Märchen und antike Sagen.

Im Jahr 2020, als die Welt stillstand, schloss sie sich den Münchner Schreiberlingen an und verfasste ihre erste Kurzgeschichte. Im Herbst 2022 erscheint ihr Roman-Debüt *Medusa – Verdammt lebendig* bei piper digital.

In ihrem anderen Leben ist sie Gutachterin und lebt mit Mann, Kind und Kater über den Dächern von München.

Das Schreiben gelingt ihr am besten, wenn es regnet, das Kind schläft und der Kater satt ist.

Instagram.com/herbstlicht_schreibt

David Knospe wurde im Jahr 1984 im beschaulichen Schwedt/ Oder geboren. Er lebt nach einem 25-jährigen Zwischenstopp im Saarland nun im beschaulichen Halver. Mit seinen Superkräften als Informatiker versucht er die Digitalisierung der Schulen voran zu treiben. Durch das Dasein als Autor hat er die Möglichkeit für sich entdeckt in die abgedrehten Welten der Phantastik abzutauchen und diese zu gestalten.

Lidia Kozlova-Benkard wurde 1980 in der UdSSR geboren. Ihr Interesse an der deutschen Sprache und Literatur führte sie nach München, wo sie heute mit ihrer Familie lebt.

Während und nach dem Studium an der LMU unternahm sie zahlreiche kulturelle und geschichtliche Ausflüge unter anderem in München und im Umland.

Sie hat bereits einige Kurzgeschichten und Gedichte veröffentlicht und mit »Wanderpfade der Liebe« eine Anthologie herausgegeben.

Als Chefredakteurin von *Der Schreiberling* engagiert sie sich mit einem wunderbaren Team für die Vereinszeitschrift der Münchner Schreiberlinge e.V.

Homepage: lidia.benkard.de

Sarah Malhus, Jahrgang 1989, schreibt schon seit ihrem 12. Lebensjahr.

Tagsüber in einem Brotjob tätig, verbringt sie ihre Freizeit am liebsten mit Literatur, sei es produzierend oder konsumierend. Genreübergreifend schreibt sie alles, was ihr die Plotbunnys bringen – von Kurzgeschichte bis Roman – doch in der Fantasy fühlt sie sich zuhause.

Die Autorin wohnt mit ihrem Lebensgefährten und zwei Kaninchen nördlich vor Münchens Stadttoren.

Weitere Informationen und Veröffentlichungen:

Homepage: www.sarahmalhus.de

Instagram/Twitter/Facebook: schreibmaid

Peter Michel Meuer, Jahrgang 1981, arbeitet als Tageszeitungsredakteur im Südwesten der Republik, hat neben Kurzgeschichten auch schon Comics geschrieben und ist zudem leidenschaftlicher Fantasy- und Science-Fiction-Leser – mit einem Faible für Sword-and-Sorcery-Geschichten und richtig richtig (richtig) große Weltraumschlachten. Ehrenamtlich aktiv ist er in der Phantastischen Akademie, die einmal im Jahr auf der Leipziger Buchmesse den Literaturpreis Seraph vergibt. Auf Instagram (peter.meuer) und Twitter (MeuerPeter) ist der Pit ebenfalls zu finden.

Iva Moor ist Autorin, Musikerin und Waldschrat. In ihren Geschichten zieht es sie meist in phantastische Gefilde – dorthin, wo es düster & hoffnungsvoll ist und Trostblumen wachsen. Ihre Miete verdient sie im Online-Marketing-Kuchenjob. Im Herbst 2022 erscheint ihr Debütroman *Die Alchemie des Träumens,* wo ihr die Reporterin aus *Licht und Nachtschatten* wiedertreffen könnt. Besucht Iva gern auf Twitter (silbenalchemie) oder auf Instagram (iva.moor).

Marina Wolf, geboren 1988 in München, ist als Kind einer Patchworkfamilie in Portugal und Deutschland aufgewachsen. Nach ihrem Germanistikstudium und einigen Jahren als Lehrerin für Deutsch als Fremdsprache ist sie auf Umwegen im Patentwesen gelandet und beschäftigt sich seitdem beruflich mit neuesten technischen Erfindungen. In ihrer Freizeit ist sie gern im Wald, in anderen Ländern oder im und unter Wasser unterwegs. Wenn das gerade nicht möglich ist, taucht sie in die fiktiven Welten ab, die sie auf dem Sofa ihrer kleinen Sendlinger Wohnung kreiert. Am liebsten mit einer guten Tasse Kaffee. Seit 2021 ist sie Mitglied im Verein Münchner Schreiberlinge e.V.

Jenny Wood lebt – seit sie 1985 geboren wurde – im schönen Ruhrgebiet. Ihr Heim teilt sie mit einem verrückten Schlagzeuger, einer Katze und jede Menge Büchern. Seitdem sie ein Teenager war, schlägt ihr Herz für phantastische Literatur. Da sie nie den Ring ins Feuer werfen sollte und Drachentöter auch nicht mehr gebraucht werden, entschied sie sich nach einer längeren Findungsphase für den öffentlichen Dienst. Die Arbeit mit Menschen bereitet ihr große Freude und die Literatur ist der perfekte Ausgleich zur harten Realität.

Mehr zu Jenny und ihren Werken
unter twitter.com/WoodWritings

Weitere Werke der Münchner Schreiberlinge ...

München Legenden

Der Lindwurm, Wolpertinger, eine Isarnixe: seltsame Gestalten, die München bevölkern und von den meisten unbemerkt in den Sagen weiterleben.

Der Alte Peter, der Schöne Turm, das Fausttürmchen: Münchner Orte, um die sich wundersame Legenden ranken.

Franz von Stuck, der heilige Onuphrius, Studenten der Kunstakademie: historische Persönlichkeiten, deren Geschichten vergessen oder nie erzählt wurden.

20 Münchner Autorinnen und Autoren begeben sich auf eine Reise in die Vergangenheit, die Gegenwart und die ferne Zukunft. Dabei kommen sie spannenden, lustigen, tragischen und verstörenden Mythen auf die Spur.

ISBN: 978 3 7504 7184 9
Print: 15,00 €
eBook: 9,49 €

Kürbisgemetzel

Halloween, Samhain, Allerheiligen.

In der Zeit zwischen Ende Oktober, Anfang November wird der Schleier zwischen den Welten dünn. Menschen geraten unversehens in die Anderswelt, Geister und Gespenster spuken durch unsere Städte und selbst die Kürbisse fangen an zu sprechen.

Was wir in dieser Zeit erleben, ist furchteinflößend und fantastisch zugleich.

15 Autor*innen schaffen Gänsehautmomente und geben Einblick in unheimliche Geschehnisse, bei denen nicht nur Kürbisse gemetzelt werden ...

ISBN: 978 3 75 19 8051 7
Print: 10,00 €
E-Book: 6,99 €

Dunkle Nächte, stade Zeit

Weihnachten und Rauhnächte

Wenn die Zeit der Wunder und das Fest der Liebe enden, beginnen die zwölf toten Tage außerhalb der Zeit.
Die Wilde Jagd bricht auf, sucht die Lebenden heim. Tiere reden. Menschen können einen Blick in andere, dunkle Welten werfen.
In diesen Nächten scheint alles möglich.

36 Tage. 36 Geschichten.

Die vierte Anthologie der Münchner Schreiberlinge entführt in die geheimnisvolle Welt zwischen den Jahren.

ISBN: 978 3 7543 4450 7
Print: 16,00 €
E-Book: 7,99 €

Wanderpfade der Liebe

Die blaue Blume und der goldene Topf symbolisierten die Liebe in der Romantik. Wie erfährt ein moderner Mensch diese Zuneigung? Ist die Gefühlsregung noch modern?

21 Autor*innen nehmen die Leser:innen in Prosa und Lyrik auf atmosphärische Reisen voller Sehnsucht und Hoffnung mit. Jedem Text wohnt ein Herz inne, das auf Wanderung durch Kunst, Spiel, Natur, Mensch und Maschinen geht.

Allererste Annäherungsversuche und Rückblicke aus bereits gesammelten Erfahrungen entführen die Leser:innen in die Tiefen von Unterwasserwelten, über Wälder und Wolken bis zum Mars hinaus.

ISBN: 978 3 7526 0431 3
Print: 10,00 €
E-Book: 6,99 €

Hic sunt Dracones

Durch Länder, Gewässer, Luft und Weltraum führen uns Expeditionen in unbekannte Gebiete. Immer dabei ist die Landkarte, auf der die Worte prangen: »*Hic sunt Dracones*« – hier sind Drachen! Eine Warnung, die beachtet werden sollte. Sonst kann es passieren, dass wir im Hort eines Drachen landen, auf einer einsamen Insel oder in einem Wurmloch, verloren in Zeit und Raum.

33 phantastische Reiseberichte machen das Reisen durch Welten, Zeiten und Ebenen zu einer Herausforderung, aber seid gewiss, noch haben wir immer den Heimweg gefunden. Anthologien!

ISBN: 978 3 7557 0872 8
Print: 17,00 €
E-Book: 10,99 €

Sonnenseiten

Street-Art trifft Solarpunk

Die Zukunft wird sonnig! Im Solarpunk sind die Städte grün, die Communitys inklusiv und die Technologien nachhaltig. Die futuristische Gesellschaft ist geprägt von Zuversicht und Gemeinschaftssinn. Doch auch in Utopien gibt es Raum für Rebellion.

22 Autor*innen ergänzen optimistische Zukunftsvisionen durch verschiedenste Formen von Street-Art. Die Gründe sind so vielfältig wie die gewählten Kunstformen, doch eins verbindet sie alle: die Hoffnung, etwas zu verändern.

ISBN: 978 3 7568 0187 9
Print: 12,00 €
E-Book: 9,99 €

Tags zu den einzelnen Geschichten

Roxane Bicker
  Äpfel, Magie, queere Personen

Katharina Bode
  Dichtkunst, Piraten, skurril

Lucia Herbst
  Android, mythologische Wesen, Selbstermächtigung

David Knospe
  Biber, freundliche Feindschaft, Ifrit, skurril, tierisch, Verwandlung

Lidia Kozlova
  Außerirdische, Freundschaft, Selbstständigkeit

Sarah Malhus
  Magie, Tiergefährten, Sagengestalten

Peter Meuer
  Freundschaft, Held*innenmut, Magische Wesen, Zauberei

Iva Moor
  Freundschaft, Found Family, Weg in die Freiheit,
  Selbstständigkeit und Self-Discovery, Drachen, queere Nebenfiguren

Marina Wolf
  Tiere, Transformation

Jenny Wood
  Griechische Mythologie, Magie, queere Personen

Inhaltshinweise / Content Notes

Die Liste wurde sorgfältig erstellt, es kann aber keine Garantie für Vollständigkeit übernommen werden.

Roxane Bicker
Besessenheit, Blut, Gewalt, Tod

Katharina Bode
Angst vor Ertrinken, Insekten, Körperflüssigkeiten, Schifffahrt, Sucht

Lucia Herbst
Gefangenschaft, Körperausscheidungen, Tod, Unterdrückung

David Knospe
Verlassen werden, Verrat

Lidia Kozlova
—

Sarah Malhus
Blut, Body Horror, Schusswaffengebrauch, Trauer, Verlust eines geliebten Menschen, Verwesung

Peter Meuer
Dunkle Magie, Krieg, Tod

Iva Moor
Ausbeutung, Blut, Feuer, Körperverletzung, sexuelle Nötigung (ungewollte Küsse), Vergiftung

Marina Wolf
Gefangenschaft, Kolonialismus, Körperausscheidungen, Tierquälerei, Tod, Tourismus

Jenny Wood
Gewalt, Naturkatastrophe (Erdbeben, Vulkanausbruch), Tod, toxische Beziehung